रामधारी सिंह 'दिनकर'

जन्म : 23 सितम्बर, 1908 को बिहार के मुंगेर जिले के सिमरिया नामक गाँव में हुआ था। शिक्षा मोकामा घाट के रेलवे हाईस्कूल तथा फिर पटना कॉलेज में हुई जहाँ से उन्होंने इतिहास विषय लेकर बी.ए. (ऑनर्स) की परीक्षा उत्तीर्ण की। एक विद्यालय के प्रधानाचार्य, सब-रजिस्ट्रार, जन-सम्पर्क के उप-निदेशक, भागलपुर विश्वविद्यालय के कुलपति, भारत सरकार के हिन्दी सलाहकार आदि विभिन्न पदों पर रहकर उन्होंने अपनी प्रशासनिक योग्यता का परिचय दिया। 1924 में पाक्षिक 'छात्र सहोदर' (जबलपुर) में प्रकाशित पहली कविता से साहित्यिक जीवन का आरम्भ।

प्रमुख कृतियाँ : कविता–रेणुका, हुंकार, रसवन्ती, कुरुक्षेत्र, सामधेनी, बापू, धूप और धुआँ, रश्मिरथी, नील कुसुम, उर्वशी, परशुराम की प्रतीक्षा, कोयला और कवित्व, हारे को हरिनाम आदि। **गद्य–**मिट्टी की ओर, अर्धनारीश्वर, संस्कृति के चार अध्याय, काव्य की भूमिका, पन्त, प्रसाद और मैथिलीशरण, शुद्ध कविता की खोज, संस्मरण और श्रद्धांजलियाँ आदि।

सम्मान : 1959 में 'संस्कृति के चार अध्याय' पर साहित्य अकादेमी पुरस्कार और पद्मभूषण की उपाधि। 1962 में भागलपुर विश्वविद्यालय की तरफ से *डॉक्टर ऑफ लिटरेचर* की मानद उपाधि। 1973 में 'उर्वशी' पर भारतीय ज्ञानपीठ पुरस्कार। अनेक बार भारतीय और विदेशी सरकारों के निमंत्रण पर विदेश-यात्रा।

निधन : 24 अप्रैल, 1974

राष्ट्रभाषा और राष्ट्रीय एकता

रामधारी सिंह 'दिनकर'

लोकभारती पेपरबैक्स

लोकभारती पेपरबैक्स में
पहला संस्करण : 2019
चौथा संस्करण : 2026

लोकभारती पेपरबैक्स : उत्कृष्ट साहित्य के लोकप्रिय संस्करण

लोकभारती प्रकाशन
पहली मंजिल, दरबारी बिल्डिंग, महात्मा गांधी मार्ग
प्रयागराज-211 001
द्वारा प्रकाशित

शाखाएँ : 1-बी, नेताजी सुभाष मार्ग, दरियागंज, नई दिल्ली-110 002
अशोक राजपथ, साइंस कॉलेज के सामने, पटना-800 006
1, अनमोल सोराबजी सन्तुक लेन, धोबी तलाव, मरीन लाइंस, मुम्बई-400 002

वेबसाइट : www.lokbhartiprakashan.com
ई-मेल : info@lokbhartiprakashan.com

बी.के. ऑफसेट
नवीन शाहदरा, दिल्ली-110 032
द्वारा मुद्रित

मूल्य : ₹199

RASHTRA-BHASHA AUR RASHTRIYA EKTA
Essays by Ramdhari Singh 'Dinkar'

ISBN : 978-93-89243-79-6

प्राक्कथन

पूज्य राष्ट्रकवि रामधारी सिंह 'दिनकर' को गुजरे छियालीस वर्ष हो गए। अब उनकी 110वीं जयन्ती का वर्ष बीत रहा है।

यूँ तो महाकवि दिनकर जी को राष्ट्रकवि कहा गया है पर महीयसी महादेवी वर्मा ने कहा था कि वे विश्वकवि हैं, क्योंकि उनकी कविताओं में मात्र राष्ट्रीयता की वाणी और उसकी स्वायत्तता का गौरवगान और संघर्ष नहीं है वरन् प्रेम का एक व्यापक क्षितिज है जो उन्हें विश्वकवि की श्रेणी में ले आता है। वस्तुतः दिनकर जी एक ही साथ विश्वकवि, महाकवि, राष्ट्रकवि और जनकवि–सभी हैं। उनकी विभिन्न कविताओं में भिन्न-भिन्न तौर पर उनके काव्य-व्यक्तित्व का वैशिष्ट्य प्रकट होता है।

दिनकर जी आज भी पाठकों के सर्वाधिक प्रिय कवि हैं और प्रासंगिक भी। उनकी कविताओं में आग है, राग है और अध्यात्म है। उनकी कविताओं का अवगाहन कर प्रतीत होता है कि वे अपने समकालीन कवियों से अलग तरीके से पाठकों के समक्ष प्रकट होते हैं।

दिनकर जी ने कहा था कि सच्चा कवि हमेशा जीवित रहता है—उसके प्रति राग और द्वेष के कारण उसके सामने उसका सही मूल्यांकन नहीं हो पाता। किसी कवि का सही मूल्यांकन उसके निधन के पचास वर्ष बाद होता है। और हम देख रहे हैं, जैसे-जैसे समय गुजरता जा रहा है, दिनकर जी की कविताओं की लोकप्रियता बढ़ती जा रही है।

पूर्व में दिनकर जी की सभी किताबें लोकभारती प्रकाशन से कुछ नवीन स्वरूप और अलग नाम देकर प्रकाशित हुई थीं। अब सभी पुस्तकें अपने पुराने नामध और प्रारूप में प्रकाशित हो रही हैं। आशा है, इससे दिनकर-प्रेमी हिन्दी साहित्य जगत् सन्तुष्ट होगा।

—अरविन्द कुमार सिंह

दिनकर भवन
आर्य कुमार रोड
पटना-800004

दो शब्द

इस संग्रह में मेरे कुछ हाल के भाषण और दो-एक लेख संगृहीत हैं। प्रायः सबका विषय भाषा और संस्कृति है। आशा है, देश के सामने जो प्रश्न हैं, उन्हें सुस्पष्ट करने में ये लेख, एक हद तक, सहायक होंगे।

एक ही विषय पर कई बार लिखने और बोलने के कारण कई स्थानों पर पुनरावृत्ति के दोष आ गए हैं जिनके लिए पाठक मुझे क्षमा करेंगे।

–दिनकर

पटना
10 अप्रैल, 1956

नाना भाषाओं में लिखेंगे एक नाम।
नाना छन्दों में एक गीत हम गाएँगे।

—मलयालम-कवि श्री शंकर कुरुप

अनुक्रम

राष्ट्रभाषा और राष्ट्रीय एकता

भारत की सभी भाषाओं की जय हो

गुजरात और बंगाल—भारत के दो अन्यतम अग्रणी प्रान्त हैं और नवीन भारत के निर्माण का बहुत अधिक श्रेय, सच पूछिए तो, इन्हीं दो प्रान्तों को है। गुजरात और बंगाल ने मध्यकालीन इतिहास में भी अपने-अपने स्वभाव का बहुत अच्छा परिचय दिया था, किन्तु उन्नीसवीं सदी में भारत में सांस्कृतिक महाजागरण की जो लहर उठी, उसके नेता तो विशेष रूप से इन्हीं दो प्रान्तों में उत्पन्न हुए। बंगाल ने हमें राममोहन राय, रामकृष्ण और रवीन्द्र दिये, तो गुजरात ने स्वामी दयानन्द और महात्मा गांधी को उत्पन्न किया। बंगाल भारत के वाम भाग में है, इसलिए वह राष्ट्र के हृदय का काम करता है। गुजरात उसके दक्षिणांग में पड़ता है, इसलिए उसके जिम्मे राष्ट्र के फेफड़े का काम है। बंगाल का दान उज्ज्वल, कोमल और सुकुमार था; गुजरात के दान में तेजस्विता और कर्मठता की मात्रा प्रधान रही।

बंगाल ने एक स्वप्न देखा था, एक कल्पना पाई थी; गुजरात ने पसीना बहा-बहाकर उस सपने को मूर्त रूप दे दिया। हमारे राष्ट्र-देवता के बायें हाथ में कलम है जो कल्पना और अनुभूति को कविता का रूप देती है; किन्तु उसके दाहिने हाथ में कर्मठता का चक्र भी है जो ज्ञान और कर्म में समन्वय लाता है, जो प्रत्येक सुविचार को किसी कुकर्म में बदलकर देखना चाहता है। सौन्दर्य देश को चाहे जहाँ से भी मिल जाए, किन्तु उसे स्वास्थ्य देने की जवाबदेही गुजरात ने उठाई है। हमें पूरा विश्वास है कि गुजरात के नौजवान अपने इस अमूल्य उत्तराधिकार को गौरव के साथ आगे ले चलेंगे। यह कोई आकस्मिक बात नहीं है कि महात्मा गांधी की कला में सोद्देश्यता और मेघाणी के काव्य में लोक-कल्याण की भावना प्रधान रही। यह संयम के प्रहरी लोगों की भूमि है। यहाँ वे लोग जनमते आए हैं जो कला के जीवन से अधिक जीवन की कला के उपासक थे। हाँ, महाकवि नानालाल जैसे कलाकार इस नियम के अपवाद समझे जा सकते हैं। किन्तु उपवादों का एक महत्त्व यह भी है कि उनसे साधारण नियम की पुष्टि होती है।

किन्तु इस चर्चा को आप मनोरंजन का ही विषय मानिए, क्योंकि देश की आत्मा का ऐसा भौगोलिक विभाजन चल नहीं सकता। असल में विविध होता हुआ भी अपना सारा भारतवर्ष एक है और देश में भाषाएँ चाहे जितनी भी हों, लेकिन उन सबके भीतर भारत की एक ही आत्मा अपने को अभिव्यक्त करती है। एक ही गंगोत्री का जल है, जो अनेक नदियों में बह रहा है। एक ही सूर्य का बिम्ब है जो अनेक पात्रों में जगमगा रहा है और एक ही भाव है जो अनेक छन्दों में फूट रहा है। वेद, उपनिषद्, रामायण और महाभारत–ये ही वे घाट हैं जहाँ पर हमारी सभी भाषाएँ पानी पीती हैं। भाषा मूक भी होती है। भाषा संकेत को भी कहते हैं। और भाषा के इन रूपों को सभी लोग एक समान समझ भी लेते हैं। अतएव मुख्य वस्तु भाषा नहीं, भाव है। भारतेन्दु हरिश्चन्द्र ने कहा है : 'भाव अनूठो चाहिए, भाषा कोऊ होय'। सो भाव की एकता को लेकर ही यह सारा देश एक रहा है और विभिन्न भाषाओं के भीतर से हम भावों की इसी एकता की अनुभूति करते रहे हैं। भारत की भारती एक है। उसकी वीणा में जितने भी तार हैं,

उनसे एक ही गान मुखरित होता है। असल में ज्ञान की गाय हमारी एक ही है। ये सारी भाषाएँ उसके अलग-अलग थन हैं जिनसे मुँह लगाकर भारत की समस्त जनता एक ही क्षीर का पान कर रही है। भारत की संस्कृति एक है। विभिन्न भाषाएँ उसी संस्कृति से प्रेरणा लेकर अपने-अपने क्षेत्र में साहित्य रचती हैं और इन सभी साहित्यों से, अन्ततः, उसी संस्कृति की सेवा होती है, उसी संस्कृति का रूप निखरता है जो सभी भारतवासियों का सम्मिलित उत्तराधिकार है।

रोटी के बाद मनुष्य की सबसे बड़ी कीमती चीज उसकी संस्कृति होती है। एक जाति की अधीनता से दूसरी जाति सिर्फ इसीलिए निकलना नहीं चाहती कि पराधीनता में उसे रोटियाँ कम मिलती हैं, बल्कि मुख्यतः इसलिए कि पराधीनता में रहनेवाली जाति का धीरे-धीरे सांस्कृतिक पतन हो जाता है। जब गांधी जी ने वायसराय को यह लिखा था कि कांग्रेस अंग्रेजी राज के विरुद्ध आन्दोलन छेड़ने को क्यों विवश है, तब इसके अनेक कारणों में से एक प्रमुख कारण उन्होंने यह भी बतलाया था कि विदेशी शासन की अधीनता में रहते-रहते इस देश का सांस्कृतिक विनाश हो गया है।

जातियों का सांस्कृतिक विनाश तब होता है जब वे अपनी परम्पराओं को भूलकर दूसरों की परम्पराओं का अनुकरण करने लगती हैं; जब वे अपने रस्म-रिवाजों को छोड़कर दूसरों के रस्म-रिवाज अपनाने लगती हैं; जब उन्हें अपने पूर्वजों पर ग्लानि और दूसरों के पूर्वजों पर श्रद्धा होने लगती है तथा जब वे मन-ही-मन अपने को हीन और दूसरों को श्रेष्ठ मानकर मानसिक दासता को स्वेच्छया स्वीकार कर लेती हैं। पारस्परिक आदान-प्रदान तो संस्कृतियों का स्वाभाविक धर्म है, किन्तु जहाँ प्रवाह एकतरफा हो, वहाँ यही कहा जाएगा कि एक जाति दूसरी जाति की सांस्कृतिक दासी हो रही है।

किन्तु सांस्कृतिक गुलामी का इन सबसे भयानक रूप वह होता है, जब कोई जाति अपनी भाषा को छोड़कर दूसरों की भाषा को अपना लेती है और उसी में तुतलाने को अपना परम गौरव मानने लगती है। यह गुलामी

की पराकाष्ठा है, क्योंकि जो जाति अपनी भाषा में नहीं सोचती, अपनी भाषा में अपना साहित्य नहीं लिखती, अपनी भाषा में अपना दैनिक कार्य सम्पादित नहीं करती, वह अपनी परम्परा से छूट जाती है, अपने व्यक्तित्व को खो बैठती है और उसके स्वाभिमान का प्रचंड विनाश हो जाता है। यह ध्यान देने की बात है कि भारत में कोई भी क्रान्तिकारी कार्य करने के पूर्व गांधी जी ने यही भाषा की क्रान्ति की थी और काशी में यह कहकर विद्वानों की एक बड़ी सभा में उन्होंने खलबली मचा दी थी कि जब वे अंग्रेजी बोलनेवालों की वक्तृताएँ सुन रहे थे, तब उन्हें ऐसा भासित हो रहा था, मानो वे भारत में नहीं बल्कि इंग्लैंड में बैठे हों! और गांधी जी ने भाषा-विषयक इस क्रान्ति के झंडे को कहीं भी रंच-मात्र झुकने नहीं दिया और वे जब तक जीवित रहे, अंग्रेजी के खिलाफ देश-भाषाओं को भरपूर उत्तेजना देते रहे।

किन्तु भारत के स्वतन्त्र होते ही जैसे अन्य क्रान्तियाँ शिथिल हो गईं, वैसे ही भाषा-विषयक इस महाक्रान्ति की आग भी ठंडी पड़ रही है और जहाँ लोग आज पचास वर्षों से यह सुनते आ रहे थे कि गुलामी के कलंक से छूटने के लिए यह आवश्यक है कि हम अंग्रेजी पर निर्भर रहना छोड़ दें, वहाँ अब उनके कानों में यह आवाज डाली जा रही है कि अंग्रेजी छूटी तो इस देश की एकता टूट जाएगी, कि अंग्रेजी छूटी तो हम सारे संसार से छूट जाएँगे और अंग्रेजी छूटी तो हमारा शैक्षिक एवं सांस्कृतिक स्तर अचानक पतन के गर्त में चला जाएगा। मानो राममोहन राय, बंकिमचन्द्र तथा दयानन्द से लेकर महात्मा गांधी तक देश के महानेताओं ने जो बात कही थी, वह मिथ्या थी, मानो अंग्रेजी का विरोध अंग्रेजों का विरोध करने की एक चाल रही हो! मानो देश-भाषाएँ एकता और आजादी की दुश्मन हों! मानो यह देश छः हजार वर्षों के ज्ञान का अधिकारी नहीं, बल्कि हजार-पाँच सौ साल का कोई बच्चा राष्ट्र हो! मानो दुनिया की सारी रोशनी केवल अंग्रेजी के तेल से ही फैली हो और, मानो सौ साल की संगति से अंग्रेजी इस देश के बच्चे-बच्चे की मातृभाषा बन गई हो जिसका त्याग अब असम्भव कृत्य हो!

दुःख की बात है कि अंग्रेजी को प्रभुता के पद पर अधिष्ठित रखने की कोशिश उनके द्वारा की जा रही है, जिनमें से अधिक लोगों ने अपनी मातृभाषा की सेवा तो वाजिबी ही वाजिबी की है, किन्तु अंग्रेजी में कमाल हासिल करने के कारण जिन्हें देश को समय-कुसमय परामर्श देने का अधिकार प्राप्त है। सम्भव है, इन विद्वानों को सचमुच ही यह भासित होता हो कि अगर अंग्रेजी में पढ़ाई बन्द हुई तो इस देश का सांस्कृतिक पतन हो जाएगा और भारतवासी उस बारीकी से विचारों को व्यक्त नहीं कर सकेंगे जिस बारीकी से वे अंग्रेजी में अपनी बात कहते हैं। मैं इन विद्वानों की सच्चाई पर सन्देह नहीं करता और न यही कहता हूँ कि अंग्रेजी की सारी बारीकियाँ इस देश की भाषाओं में अभी मौजूद हैं। किन्तु देश-भाषाओं का एक विनम्र सेवक होने के नाते मेरा यह दावा है कि केवल हिन्दी ही नहीं, इस देश में ऐसी सात-आठ भाषाएँ विद्यमान हैं जो गुण और शक्ति की दृष्टि से इतनी विकसित हो चुकी हैं कि उनमें से कोई भी राष्ट्र-भाषा का पद अभी, इसी दम सँभाल सकती हैं और अंग्रेजी की सारी बारीकियों तक पहुँचे बिना भी वे शासन, न्याय और साहित्य का सारा कार्य सुचारु रूप से सम्पादित कर सकती हैं। और कौन कहता है कि देश-भाषाओं में वे बारीकियाँ नहीं आ सकतीं जो अंग्रेजी की खासियत समझी जाती हैं? देश-भाषाओं में शक्ति की कमी नहीं है, दुर्भाग्य की असली बात तो यह है कि जो सपूत उनका दूध पीकर बड़े होते हैं, वे अंग्रेजी पर रीझकर मन से परदेशी हो जाते हैं और उनकी विचार-शक्ति से रगड़ खाने का मौका हमारी भाषाओं को मिलता ही नहीं। राजनीति और अर्थशास्त्र, समाजविज्ञान और कानून—इनसे उलझने का मौका पाते ही देश-भाषाओं के भीतर भी वे ही भंगिमाएँ और संकेत उत्पन्न हो जाएँगे जिनके अभाव के कारण हमारे अपने विद्वान हमारी भाषाओं का अविश्वास करते हैं। किन्तु इसके लिए आवश्यक है कि अविलम्ब देश-भाषाओं को उन कामों पर जाने का अवसर दिया जाए जो काम अभी अंग्रेजी में हो रहे हैं। बारीकियाँ उत्पन्न करने का अवसर दिये बिना इन भाषाओं से बारीकियों की माँग करना उतना ही हास्यास्पद है जितना

किसी युवक से यह कहना कि तुम पहले सूखे में तैरना सीख लो, तब हम तुम्हें नदी में उतरने देंगे।

अंग्रेजी जितनी भी विकसित भाषा हो, किन्तु वह हमारी संस्कृति को उसी खूबी से अभिव्यक्त नहीं कर सकती, जिस खूबी से वह उन लोगों की संस्कृति को अभिव्यक्त करती है जो उसे अपनी मातृभाषा मानते हैं। एक यही दलील उन सभी दलीलों को काटने के लिए काफी है जो अनेक दिशाओं से अंग्रेजी के पक्ष में दी जा रही हैं। किन्तु बहस के लिए अगर हम यह मान भी लें कि अंग्रेजी के द्वारा इस देश में शिक्षा और ज्ञान का प्रसार किया जाए तो एक दूसरी कठिनाई सामने आती है जिसका समाधान नहीं है। असल में अंग्रेजी में दक्षता प्राप्त करने का समय इस देश से निकल गया। अंग्रेजी के पक्ष में जो एक मनोवैज्ञानिक अनुकूलता थी, वह इस देश से विदा हो चुकी है और उसकी अनुपस्थिति में अब अंग्रेजी उस जोर से चल नहीं सकती, जिस जोर से लोग उसे चलाना चाहते हैं। जब अंग्रेजों का प्रताप यहाँ मध्याह्न सूर्य की तरह चमक रहा था, तभी इस देश में अंग्रेजी भी चमकी थी। जब से राष्ट्रीयता जगी और देशभाषा का प्रेम बढ़ने लगा, तभी से अंग्रेजी हमारे छात्रों के लिए भारी पड़ती गई है। आज जो भी ज्योतिष्मान् नक्षत्र भारत में अंग्रेजी के भीतर से चमक रहे हैं, उनमें से अधिकांश वे ही हैं जिनका जन्म 19वीं सदी में हुआ था और जो उन दिनों स्कूलों और कॉलेजों में पढ़ रहे थे जब इस देश के प्रत्येक विद्यार्थी का यह सुदृढ़ विश्वास था कि अंग्रेजी को छोड़कर उसके सामने और गति नहीं है और अंग्रेजी में वह जितनी दक्षता प्राप्त करेगा, गोरे प्रभुओं के दरबार में उसे इज्जत की उतनी ही बड़ी जगह हासिल होगी। स्वतन्त्रता की जय हो कि यह भाव नवयुवकों के हृदय से बिलकुल निकलता जा रहा है और वे अपने व्यक्तित्व के विकास के लिए देशभाषा का माध्यम खोज रहे हैं। इस पर भी अगर कोई यह कहे कि नवयुवकों के हृदय में अंग्रेजी के लिए फिर वही इज्जत पैदा की जानी चाहिए जो अंग्रेजी राज के समय थी, तो स्पष्ट ही यह परामर्श राष्ट्रीयता का विरोधी और देश के स्वाभिमान का घातक होगा। अंग्रेजी

इस देश में रखी जा सकती है; क्योंकि एक सीमा तक वह हमारे लिए आवश्यक है। किन्तु अब वह इस देश में शिक्षा का माध्यम बनाकर रखी नहीं जा सकती। फिर भी जो लोग दुराग्रह पर डटे हुए हैं, वे पहले ढूँढ़कर यह देख लें कि देश के किस कोने में, काफी संख्या में, ऐसे शिक्षक मौजूद हैं जो अंग्रेजी के माध्यम से शिक्षा दे सकने के योग्य समझे जा सकें और कहाँ वे छात्र हैं जो दस-दस वर्षों तक अंग्रेजी रटने के बाद भी इतनी योग्यता प्राप्त कर लेंगे कि और नहीं, तो एक पत्र ही वे शुद्ध अंग्रेजी में लिख सकें? अभिभावकों और माता-पिताओं के आर्त्त कोलाहल से ऊबकर यूनिवर्सिटियों ने अपनी परीक्षाओं के स्टैंडर्ड गिरा दिये। फिर भी तीस-पैंतीस प्रतिशत से अधिक छात्र उत्तीर्ण नहीं हो पाते। परीक्षाओं में हर साल देश की जवानी का कलेजा दला जाता है। हर साल अनुत्तीर्णता के शोक से लाखों नौजवानों का रक्त सूख जाता है, फिर भी लोग यह नहीं सोच पाते कि अंग्रेजी के कृत्रिम माध्यम को छोड़कर हम अब शीघ्र से शीघ्र, देशभाषाओं द्वारा शिक्षा देना आरम्भ कर दें। यह बड़े लोगों का जादू है जो छोटों का विनाश कर रहा है। यह बूढ़ों की बुढ़भस है जो नौजवानों का गला दबा रही है। यह पुष्ट-वेतन-भोगी पंडितों का व्यामोह है जिसके जाल में सारा देश छटपटा रहा है। समय आ गया है कि देश के नौजवान बुजुर्गों के ऐसे परामर्श को मानने से इनकार कर दें और उस बची-खुची गुलामी को भी तोड़ फेंकें जो अंग्रेजी के भीतर से हमें दबा रही है।

और सरकारी क्षेत्रों में जब अंग्रेजी की पलाइस की जाती है, तब तो यह और भी स्पष्ट हो जाता है कि लोग जनता की सुविधा-असुविधा की तनिक भी परवाह नहीं करते। जिस देश ने बुनियादी तालीम को सिर-आँखों पर बिठा लिया हो, उस देश की सरकार को यह अधिकार कहाँ रह जाता है कि वह शिक्षा अथवा शासन का कोई भी काम अंग्रेजी में चलने दे? जब तक शासन के काम अंग्रेजी में चलते रहेंगे, तब तक शासक तैयार करने के लिए शिक्षा का माध्यम भी अंग्रेजी बनी रहेगी और बुनियादी पद्धति से पढ़ने वाले छात्र इस योग्य नहीं हो सकेंगे कि वे किसी दिन मन्त्री अथवा सेक्रेटरी

के पद पर नियुक्त किए जा सकें। और तब तक जनता भी यह बोली कसती रहेगी कि बुनियादी तालीम भैंसों की तालीम है, जिनसे सरकार खेत जोतने का काम लेने वाली है; बाकी जो लोग शासन का काम सँभालने वाले हैं, उनकी शिक्षा के लिए अलग इन्तजाम रहेगा। शिक्षा में क्रान्ति का नारा एक ऐसा नारा है जिसे उठाने से, शायद ही, कोई विद्वान बचा हो, किन्तु हमारे विद्वान केवल विद्वान ठहरे। उन्होंने जिन्दगी नहीं, किताबों का दूध पिया है और शिक्षा में क्रान्ति के नारे चाहे वे जितने भी लगाएँ, वास्तविक क्रान्ति का आलिंगन वे नहीं करेंगे। क्योंकि शिक्षा में क्रान्ति हुई तो उसका माध्यम देश-भाषाएँ हो जाएँगी और शासन के अधिकार विकेंद्रित होकर सर्वत्र फैल जाएँगे।

इस देश के कुछ बड़े-बड़े कारोबार महाजनी भाषा में चल रहे हैं। अभी कल तक देशी राजवाड़ों के सारे काम देश-भाषाओं में किए जा रहे थे, फिर क्या है कि देश-भाषाओं में काम करने से देश का शासन डूब जाएगा? असल में अंग्रेजी का पल्ला इसलिए नहीं पकड़ा जा रहा है कि उसके बिना इस देश का काम नहीं चल सकता, बल्कि इसलिए कि हमारे शासनाधिकारी काम करना कम, अच्छे नोट लिखना अधिक जानते हैं और उन्हें भय है कि अंग्रेजी छूटी तो उनके हाथ से वह अस्त्र भी जाता रहेगा, जिससे देश का काम चाहे हो या नहीं, किन्तु अधिकारियों की इज्जत की धाक खूब बैठती है। जिसके दिमाग में अक्ल है, जिसके दिल में सच्चाई है और जिसे काम करने की धुन है, वह लम्बे-लम्बे नोट लिखे बिना भी देश के काम को आगे बढ़ा सकता है। हाँ, जिसे कुछ किए बिना ही इज्जत की रोटी और आडम्बर की कुर्सी की चाह है, उसके लिए रास्ता यही है कि वह देशवासियों पर रौब जमाता रहे कि हमारे चिन्तन की सूक्ष्मता इतनी सूक्ष्म है कि वह महारानी एलिजाबेथ की भाषा के सिवा और किसी भाषा में लिखी ही नहीं जा सकती।

शिक्षा का सार अच्छी भाषा नहीं, अच्छा ज्ञान है और ज्ञान तो बिना साक्षरता के भी दिया जाता है। अपने देश में विद्यालयों और पाठशालाओं से अधिक महत्त्व हमेशा सत्संगति को दिया जाता रहा है, क्योंकि सत्संगति

वह स्कूल है जहाँ कागज छुए बिना भी आदमी ज्ञानी और विद्वान हो जाता है। अकबर निरक्षर था, मगर उसकी योग्यता उन लोगों से कहीं बड़ी थी जो अच्छी भाषा और खूबसूरत नोट पर नाज करते हैं। शिवाजी, महाराणा प्रताप और शेरशाह कुछ बहुत बड़े विद्वान नहीं थे; किन्तु शासन के कामों में उनकी योग्यता पर कभी सन्देह नहीं किया गया। नानक, कबीर और दादूदयाल भी पंडित नहीं थे; किन्तु सत्संगति के प्रताप से सारा ज्ञान उनमें प्रकट हो गया। भारत में साक्षरता का बहुत अधिक प्रसार कभी नहीं था, फिर भी यहाँ की जनता अज्ञानी नहीं थी और न शिक्षितों और अशिक्षितों के बीच यहाँ वह दरार थी जो आज देखने में आती है। कारण स्पष्ट है कि जब तक इस देश में शिक्षा का माध्यम देशभाषा थी, तब तक थोड़े लोगों का जो ज्ञान पुस्तकों से प्राप्त होता था, वह संगति के द्वारा फैलकर बहुतों तक पहुँच जाता था। किन्तु जब से शिक्षा अंग्रेजी के माध्यम से होने लगी, ज्ञान के प्रसार का यह क्रम अवरुद्ध हो गया, क्योंकि अंग्रेजी पढ़े-लिखे लोग भाषा के उस प्रवाह से कटकर अलग हो गए जो इस देश के शिक्षितों और अशिक्षितों को एक रखे हुए था। पिछले डेढ़ सौ साल इस देश में शिक्षितों की प्रगति और अशिक्षितों की अधोगति के साल रहे हैं। इस काल में जनता जितनी भावशून्य हो गई, उतनी वह पहले कभी नहीं थी। कारण यह कि इस काल में हमारा शिक्षित वर्ग जनता के बीच अपने ज्ञान की सुगन्ध को नहीं बिखेर सका, क्योंकि सुगन्ध बिखेरने की राह ही उसके पास नहीं रही, क्योंकि जिस मार्ग से उसने अपना ज्ञान अर्जित किया था, वह इस देश के लिए अप्राकृतिक और अपरिचित मार्ग था। विदेशी भाषा के द्वारा जनता को शिक्षित करने का काम सभी देशों में अप्राकृतिक समझा जाता है और भारत में वह इसलिए प्राकृतिक नहीं हो जाएगा कि यहाँ के अंग्रेजी के विद्वान उसे प्राकृतिक बनाना चाहते हैं। प्राकृतिक तो वह तभी होगा जब कि अंग्रेजी इस देश की मातृभाषा बना दी जाए और बच्चे उसे माँ के दूध के साथ पीने लगें।

और जो कुछ मैं कह रहा हूँ, वह केवल साहित्य या ह्यूमेनिटिज पर ही लागू नहीं है, प्रत्युत उसे मैं विज्ञान और शिल्प पर भी लागू मानता हूँ।

अगर आपका उद्देश्य केवल कुछ ऐसे विशेषज्ञों को उत्पन्न करना है जो जनजीवन से दूर रहकर प्रयोगशालाओं में काम किया करें, तो सम्भव है, अंग्रेजी से आपका काम चल जाएगा। किन्तु यदि आप विज्ञान को सर्वसाधारण की वस्तु बनाना चाहते हैं, यदि आप वैज्ञानिक दृष्टि को समाज के भीतर पचाना चाहते हैं; संक्षेप में यदि आप विज्ञान को जनता की अस्थि और मज्जा में ले जाना चाहते हैं, तो आपको शीघ्र से शीघ्र वह उपाय सोचना होगा जिससे विज्ञान और शिल्प की भी शिक्षा देश-भाषाओं में दी जा सके। अंग्रेजी के द्वारा पढ़ाया गया विज्ञान हमेशा विदेशी रहेगा, वह हमेशा थोड़े लोगों की चीज होगा। जनता का हृदयहार वह तभी हो सकेगा जबकि शिक्षा देश-भाषाओं में दी जाए और उसके पारिभाषिक शब्द भी यथासम्भव इसी देश के शब्द हों।

कभी-कभी हमें यह भय भी दिखलाया जाता है कि अगर हमने अंग्रेजी को छोड़ दिया तो फिर हम जवाहरलाल और राधाकृष्णन् को उत्पन्न नहीं कर सकेंगे। जवाहरलाल और राधाकृष्णन् जीनियस हैं और जीनियस किसी भी योजना के अधीन जन्म नहीं लेते। वे नियमों और स्वाभाविक प्रक्रियाओं के अपवाद होते हैं। वे अचानक उसी प्रकार निकल पड़ते हैं, जैसे शरीर के किसी भाग पर ट्यूमर या मांसवृद्धि निकल पड़ती है और इसमें कोई सन्देह नहीं कि मानवता चाहती है कि उसके अंग पर ये ट्यूमर अधिकाधिक संख्या में बराबर निकलते रहें। मगर वाजे रहे कि राधाकृष्णन् और जवाहरलाल इस बात के प्रमाण नहीं हैं कि अंग्रेजी ने भारतीय प्रतिभा की उर्वरता में वृद्धि की है, बल्कि इस बात के कि भारत की उर्वरता इतनी प्रखर है कि वह अंग्रेजी में भी जवाहरलाल और राधाकृष्णन् को जन्म दे सकती है। किन्तु कहीं हमने अपनी भाषा के द्वारा ज्ञान की साधना की होती, तो इन सौ-डेढ़ सौ वर्षों में हमने राधाकृष्णन् और जवाहरलाल के एक नहीं, अनेक जोड़े उत्पन्न किए होते। फिर भी विदेशी भाषा में जवाहरलाल और राधाकृष्णन् हम चाहे उत्पन्न भी कर लें, किन्तु रवीन्द्र और इकबाल, भारती और वल्लाथोल, नानालाल और मेघाणी तथा प्रसाद और प्रेमचन्द अंग्रेजी में नहीं, भारतीय भाषाओं में ही जन्म ले सकते हैं। प्रत्येक देश की

अपनी जीनियस होती है और इस जीनियस की सम्यक् अभिव्यक्ति उसी देश की भाषा में की जा सकती है। ज्ञान और तर्क के परे, भावना और सहजानुभूति की जो कोमल भूमि है, उसकी पगडंडी मातृभाषा में बनती है, अजनबी भाषाओं में नहीं। यही कारण है कि ज्ञान और तर्क की जमीन पर काम करने वाले भारतीय विद्वानों को विदेश वालों ने यत्किंचित् स्वीकृति तो दे दी, किन्तु अंग्रेजी भाषा में लिखने वाले भारतीय कवि और कलाकार यूरोप के दरवाजे पर सुयश की भीख माँगते खड़े-के-खड़े रह गए और यूरोप ने उनका सत्कार नहीं किया। अंग्रेजी कविता का कोई भी प्रतिनिधि-संग्रह उठाकर देख लीजिए, उसमें रवीन्द्र और सरोजिनी, तोरूदत्त और माइकेल तथा भारती साराभाई और हरींद्रनाथ चट्टोपाध्याय की एक भी रचना देखने को नहीं मिलेगी। और यह ठीक भी है क्योंकि इन कवियों की काव्य-सामर्थ्य चाहे जितनी बड़ी हो, किन्तु अंग्रेजी भाषा के साथ इनकी आत्मा एकाकार नहीं हो सकी और इसी कारण इनके भावों की सूक्ष्म झलकियों को अंग्रेजी में ठीक से उतरने का मार्ग नहीं मिला। गुरुदेव से जब हम पहली बार मिले तब उन्होंने बातों के सिलसिले में यह कहकर हम सबको अचंभे में डाल दिया कि बंगाल को छोड़कर वे किसी भी अन्य भाषा के शब्दों के साथ लिपटे हुए वातावरण-विशेष को ग्रहण नहीं कर पाते और अपनी यह सीमा उन्होंने अंग्रेजी के विषय में भी स्वीकार की। अभी-अभी श्रीयुत् चार्ल्स नेपियर ने, जो हिन्दी के बहुत अच्छे अंग्रेज लेखक हैं, 'नागरी प्रचारिणी पत्रिका' में एक लेख लिखा है जिसमें उन्होंने हिन्दीवालों को यह सलाह दी है कि आप दो भाषाओं पर स्वामित्व प्राप्त करने की लालसा छोड़कर केवल अपनी ही भाषा की गहराई में उतरने की चेष्टा कीजिए। तभी आपको अपनी भाषा की बारीकियों और विलक्षणताओं का पता चलेगा और तभी आप हिन्दी में शुद्ध भारतीय साहित्य की सृष्टि कर सकेंगे। उन्होंने कहा है : 'अंग्रेजी नये युग का जनेऊ है, जिसके बिना आदमी का कोई आदर नहीं होता। जब तक भारतीय इस मोह से न छूटेंगे, जब तक वे अपनी सांस्कृतिक स्वतन्त्रता पर उतना गर्व न करेंगे जितना कि अपने राजनीतिक स्वराज्य पर, तब तक हिन्दी का पूर्ण विकास नहीं हो

सकेगा।' आगे वे लिखते हैं कि 'मेरी समझ में, यदि कई प्रतिभाशाली साहित्यिक भारतवासी, और सब कुछ छोड़कर हिन्दी में ही तन्मय हो जाएँ, ऐसे लोग जो हिन्दी पढ़कर नये विचार प्राप्त कर सकें और हिन्दी में लिखकर नये विचारों का प्रचार कर सकें, ऐसे लोग जो हिन्दी में ही बोलें, सोचें, पढ़ें, लिखें और स्वप्न देखें; तभी हिन्दी-साहित्य स्वतन्त्र, प्रभावपूर्ण और ओजस्वी हो सकेगा।'

स्पष्ट ही, चार्ल्स नेपियर महोदय ने हिन्दी के बारे में जो बात कही है, वह सभी भारतीय भाषाओं पर एक समान लागू होती है। जो लोग अंग्रेजों को हटाकर निश्चिन्त हो गए हैं और इस भ्रम में भूले हुए हैं कि अंग्रेजी भाषा के साथ गुलामी की कोई जंजीर बँधी हुई नहीं है, उन्हें नेपियर महोदय जैसे अंग्रेजों की सलाह से होश में आना चाहिए। जिस पराधीनता की जंजीर को हमने सन् 1947 ई. के अगस्त में काट गिराया, वह हमारी शारीरिक गुलामी की जंजीर थी। मानसिक गुलामी की कड़ियाँ तो अब भी अंग्रेजी के साथ बँधी हुई हैं और जब तक अंग्रेजी इस देश में प्रभुता के पद पर आसीन है, तब तक हम मानसिक और आध्यात्मिक स्वराज्य से वंचित रहेंगे।

यह सत्य है कि अंग्रेजी भाषा के प्रचार से ही इस देश की अपनी भाषाओं में नया जीवन और नई गति आई है। यह भी सत्य है कि अंग्रेजी के साहचर्य से ही भारतीय भाषाओं में नई दिशाएँ प्रकट हुईं, नूतन अभिव्यंजनाएँ उतरीं और नया आलोक विकीर्ण हुआ। किन्तु साथ-साथ यह भी मानना पड़ेगा कि भारतीय भाषाओं में जो नया साहित्य लिखा जा रहा है, उसका देश की जनता के साथ वही सीधा सम्पर्क नहीं है जो अंग्रेजी के पहले वाले साहित्य का था। हमारा नया साहित्य, मुख्यतः अंग्रेजी पढ़े-लिखे लोगों का साहित्य है। बाकी जनता उसे उसी दृष्टि से देखती है जिस दृष्टि से वह बी.ए. पास नवयुवकों को देखती है। जब से देश में राष्ट्रीय और सामाजिक आन्दोलन छिड़े, तब से साहित्य का एक अंश ऐसा भी अवश्य प्रस्तुत हुआ जो जनता तक पहुँच सका है। किन्तु प्रचार के इस धरातल से ऊपर जो संस्कृति का सुरभिपूर्ण निर्लिप्त शिखर है, उस पर

बैठकर हम देश की जनता से बात नहीं कर सकते। ऐसा लगता है कि अंग्रेजी लिख-पढ़कर हम जो साहित्य तैयार कर रहे हैं, उसके मुख्य श्रोता भारत नहीं, यूरोप हो। और यह सीमा हम पर इसलिए आई है कि हम अपनी भाषाओं की विलक्षणताओं से अधिकांश में अपरिचित रह गए। कविता की आलोचना, अन्ततः, उसकी भाषा की आलोचना होती है। अगर अनुकूल भाषा न मिले तो बड़े-से-बड़े कवि के भाव लिखित होकर भी अलिखित रह जाते हैं। कविता में साधारणीकरण के सिद्धान्त को हम सभी लोग मानते हैं; किन्तु भाषा का जो रूप जनता के अवचेतन मन में बसता है, उसे पूर्ण रूप से आत्मसात् किए बिना कोई भी कवि साधारणीकरण की प्रक्रिया में सफलता प्राप्त नहीं कर सकता। साधारणीकरण की सफलता के लिए यह आवश्यक है कि कवि के व्यक्तित्व में जनता का पूरा व्यक्तित्व समाहित रहे और कवि इस प्रकार खड़ा हो, मानो वह जनता की भाषा और भाव, दोनों का सोलह आना प्रतिनिधि बनकर आया हो! किन्तु यही वह बिन्दु है जहाँ भारत का आधुनिक कवि फीका पड़ जाता है। वह जनता के भावों का प्रतिनिधित्व तो कर लेता है, किन्तु उसकी भाषा का प्रतिनिधित्व वह नहीं कर पाता। असल में उसका व्यक्तित्व फटा हुआ है। उसका मन कहीं और, और तन कहीं और है। इतने दिनों के प्रयोग से जो शिक्षा निकलती है, वह यह है कि भारतीय साहित्यिकों का वही दल भारतीय जनता के हृदय-द्वार तक पहुँचेगा जिसकी सारी शिक्षा मातृभाषा अथवा भारत की किसी भाषा में पूरी होगी। आज तो हम जो कुछ लिखते हैं, वह एक ऐसे क्षितिज से उतरता दीखता है जिस क्षितिज से इस देश की जनता का कोई परिचय ही नहीं है। उसे वे ही लोग पहचानते हैं जिनकी अंग्रेजी से खासी जान-पहचान है। देश के लेखक और कवि जनता की भावनाओं को आलोड़ित नहीं कर सकें, वे उसकी चेतना के समुद्र में तरंगें उठाने में असमर्थ हों, यह एक ऐसा आध्यात्मिक विनाश है जो हमारी कला को पंगु बनाए जा रहा है। उस पर भी देश के चिन्तक और बड़े लोग देश-भाषाओं को अंग्रेजी से ऊपर उठने देने का विरोध करें, यह एक ऐसा दृश्य है जिसे ईश्वर ही देख सकता है।

संस्कृति की रचना और अभिव्यक्ति कला के माध्यम से होती है और भारतीय कला का यह स्वभाव है कि वह यूरोप की कलात्मक भंगिमाओं से सामंजस्य नहीं बिठा सकती। बहुत प्राचीन काल में, यूनानी कला का सम्मिश्रण भारतीय कला से हुआ था। परिणामस्वरूप, गांधार-कला का जन्म हुआ। किन्तु वह भारत में टिक नहीं सकी, क्योंकि वह अभारतीय थी, क्योंकि भारत की आत्मा अपने को इस मिश्रित कला के भीतर से व्यक्त नहीं कर सकती थी। इसी प्रकार, जब अंग्रेज आए तब बिहार में चित्रकारी का एक स्कूल पटना में चल पड़ा, किन्तु वह स्कूल भी खत्म हो गया, क्योंकि उसकी विशेषता वर्णसंकरता को लेकर थी और इस वर्णसंकरता को देखकर भारतीय कला को उबकाई आती है। इसके विपरीत, भारत के एक क्षेत्र की कला उसके दूसरे क्षेत्र की कला से घुल-मिलकर बड़े आनन्द से फूलती-फलती रही है। यही नहीं, प्रत्युत मुगलों के समय में ईरानी कला का भारतीय कला से जो गठबंधन हुआ, उसके परिणाम बहुत अच्छे रहे और मुगलकलम के द्वारा भारतीयता ने अपनी बहुत कुछ अभिव्यक्ति की। इससे एक बार फिर यह स्पष्ट हो जाता है कि एशिया की आत्मा का भारत की आत्मा से अच्छा मेल हो सकता है, किन्तु यूरोपीय कलाएँ हमारी कलाओं में पच नहीं सकतीं। अतः जैसे यूरोप की कलाएँ भारतीय कलाओं से एकाकार नहीं हो सकतीं, उसी प्रकार यूरोपीय साहित्य भारतीय साहित्य से घुल-मिलकर एक नहीं हो सकता। इतने पर भी जो लोग अंग्रेजी के वृक्ष पर भारतीयता की कलम लगाने को बेकरार हैं, उनके सम्बन्ध में यही कहा जा सकता है कि वे भारत की आत्मा को ठीक से नहीं पहचानते। यूरोपीय भाषाओं में जो तेज है, उनके साहित्य में जो ज्ञान है, यूरोपीय सभ्यता में जो उद्दामता और प्रबलता है, उसे हम अवश्य लेंगे। किन्तु अपनी भाषाओं का दलन करके नहीं, प्रत्युत अनुकरण, अनुवाद अथवा निचोड़ के रूप में उन्हें अपने ढाँचे में ढालकर।

अंग्रेजी को सत्तारूढ़ रखने के पक्ष में एक और तर्क दिया जाता है जो अन्य तर्कों से कहीं खतरनाक है। और वह यह है कि अगर अंग्रेजी अभी तुरन्त हटाई गई तो उसकी जगह पर हिन्दी नहीं, कोई क्षेत्रीय भाषा

आसीन हो जाएगी। यह भय भी एक विचित्र प्रकार का भय है, क्योंकि अंग्रेजी को तो हम ठीक इसीलिए हटाना चाहते हैं कि उसकी जगह पर क्षेत्रीय भाषाएँ आसीन हो सकें। अंग्रेजी अपनी प्रभुता की सारी जगह केवल हिन्दी के लिए खाली नहीं करेगी और न हिन्दी उस पर क्षेत्रीय भाषाओं की सहमति के बिना आसीन ही हो सकती है। सच तो यह है कि विभिन्न भाषा क्षेत्रों में अंग्रेजी को प्रभुता के पद से हटाने का काम वहाँ की मातृभाषाएँ कर सकती हैं–राष्ट्रभाषा नहीं, क्योंकि जनता में जो उत्साह मातृभाषा के लिए जगाया जा सकता है, वह राष्ट्रभाषा के पक्ष में जगाया नहीं जा सकता। मैं यह नहीं मानता कि प्रान्तों के जो-जो कार्य अंग्रेजी में चल रहे हैं, वे एक दिन हिन्दी में चलने लगेंगे। यह कल्पना गलत है और इसका विरोध उन सभी लोगों को करना चाहिए, जो प्रजातन्त्र के सच्चे अनुरागी हैं। स्वतन्त्रता केवल हिन्दी को बढ़ाने के लिए नहीं आई है। उसे तो सभी भाषाओं की उन्नति और विकास करना है। हिन्दी को तो हम सार्वदेशिक सम्बन्धों की भाषा के रूप में स्वीकार कर रहे हैं। परन्तु प्रान्तों के अधिक कार्य तो ऐसे ही हैं जिनके लिए वहाँ की मातृभाषाएँ यथेष्ट होंगी। जब तक राष्ट्रभाषा की उपयोगिता की इस सीमा को हम नहीं समझ लेते, तब तक क्षेत्रीय भाषा-क्षेत्रों में राष्ट्रभाषा का प्रसार शंकाओं से त्रासित रहेगा, इसमें सन्देह नहीं।

असल में, राष्ट्रभाषा के आन्दोलन को हमें सभी भाषाओं के आन्दोलन के साथ-साथ आगे ले चलना है। राष्ट्रभाषा की किस्मत मातृभाषाओं की किस्मत के साथ बँधी हुई है, इस तथ्य को देश जितना शीघ्र समझ ले, हमारा भाषा-विषयक विवाद उतना ही शीघ्र शान्त हो जाएगा। आज भारतवर्ष में भाषा-विषयक जो जागृति दिखाई देती है, उसके मूल में स्वतन्त्रता और आत्माभिव्यक्ति की भावना काम कर रही है। और इस भावना से डरने के बदले हमें उसका आदर करना चाहिए। प्रत्येक भाषा के सिर पर एक चट्टान पड़ी हुई है और इस चट्टान को तोड़कर वह ऊपर आना चाहती है। और यह चट्टान राष्ट्रभाषा की नहीं, अंग्रेजी और अंग्रेजियत की चट्टान है।

राष्ट्रभाषा ने किसी भी क्षेत्रीय भाषा का कोई अहित नहीं किया है। वस्तुस्थिति यह है कि देश की सभी भाषाएँ अंग्रेजी के दबाव के कारण अकुला रही हैं और जब तक अंग्रेजी का यह दबाव नहीं हटता, तब तक देश की यह आकुलता भी मौजूद रहेगी। आज जो भाषा-विषयक युद्ध चल रहा है, उसमें एक ओर तो हिन्दी समेत भारत की सारी राष्ट्रीय भाषाएँ हैं और दूसरी ओर किले पर कब्जा किए हुए अंग्रेजी लड़ रही है। जब तक इस किले पर अंग्रेजी का आधिपत्य है, हिन्दी और हिन्दीतर भाषाओं को अपने विकास का मार्ग नहीं मिलेगा, और सम्भव है, अंग्रेजी कूटनीति से काम लेकर इन भाषाओं में मनमुटाव भी पैदा कर दे। इसलिए राष्ट्रीय एकता के हित में यह अत्यन्त आवश्यक है कि हम अंग्रेजी को प्रभुता के पद से शीघ्र-से-शीघ्र हटाकर उसकी जगह पर देशी भाषाओं को प्रतिष्ठित कर दें। यह पहला काम है जो अविलम्ब पूरा किया जाना चाहिए। इसके बाद के कार्य, अर्थात् अंग्रेजी के द्वारा रिक्त स्थानों की पूर्ति कहाँ पर राष्ट्रभाषा और कहाँ पर मातृभाषाएँ करेंगी, इस योजना का विचार देश की सुविधा पर छोड़ देना चाहिए। हमारे देश के आगे मंगलमय भाविष्य का विस्तार है और हम सभी भारतवासी हर हालत में एक रहना चाहते हैं। हमारा प्रत्येक प्रान्त एक सुन्दर पुष्प, एक आबदार मोती है किन्तु ये सभी पुष्प, ये सभी मोती एक ही हार में गुँथे हुए हैं और सारे देश का यह संकल्प है कि यह हार नगाधिराज हिमालय के कंठ से लगा रहेगा।

अन्त में, मैं उन सभी भाइयों और बहनों को प्रणाम करता हूँ जो हिन्दी को अपनी राष्ट्रभाषा समझकर उसे उत्साह और प्रेम से सीख रहे हैं। भाषा के क्षेत्र में भारत का जो राष्ट्रीय महल तैयार हो रहा है, संयोग की बात कि उस तैयारी का सारा बोझ अहिन्दी प्रान्तों के लोगों पर जा पड़ा है। एक भाई कड़ी धूप में चलकर गारा और चूना ढो रहा है और दूसरा छाया में निश्चेष्ट बैठा है। छाया में आराम करने वाला निकम्मा भाई मैं हूँ और जो परिश्रमपूर्वक गारा और चूना ढो रहा है, वह कर्मठ भाई आप हैं। आपकी परेशानी और कठिनाई को देखकर हमारा मस्तक नत हो

जाता है। किन्तु यह प्रसंग ही ऐसा है जिसे आपको सँभालना है। हम तो सिर्फ यही आश्वासन दे सकते हैं कि हिन्दी के राष्ट्रभाषा हो जाने से जो स्थिति उत्पन्न हुई है, उसका कोई भी अनुचित लाभ हम हिन्दी वाले नहीं उठाएँगे।[1]

1. भावनगर में 23 मई, 1952 ई. को हुए गुजरात-सौराष्ट्र-कच्छ-प्रान्तीय राष्ट्रभाषा-प्रचार-सम्मेलन में दिया गया अध्यक्षीय भाषण।

हमारी राष्ट्रीय एकता

गुजरात प्रान्तीय राष्ट्रभाषा प्रचार-समिति द्वारा आयोजित शिक्षापीठ के इस पदवी-दानोत्सव के अवसर पर मांगलिक वचन कहने को बुलाकर आपने मेरा जो सम्मान किया है, उसके लिए मैं आपका हृदय से कृतज्ञ हूँ। मांगलिक वचन उनके मुख से शोभा देते हैं, जिन्हें जीवन की सिद्धि प्राप्त हो चुकी है। किन्तु मैं अभी खुद साधना के दौर में हूँ और अपने जानते बड़ी ही बेचैनी के साथ उस चीज की तलाश कर रहा हूँ जिसे पाकर मनुष्य को और दौड़ना नहीं पड़ता, जो चीज केवल अपने-आपको ही नहीं दिखलाती, वरन मनुष्य को वह दृष्टि दे देती है जिससे वह सब कुछ देख सके। 'उघरहिं विमल विलोचन ही के; मिटहिं दोष-दुःख भव-रजनी के।'

फिर भी, मैं जो आपके सामने आकर खड़ा हो गया हूँ, उसका भी एक कारण है और वह यह कि यद्यपि सिद्धों की वाणी अमृत के समान होती है जिससे हमें शीतलता और समाधान मिलते हैं, मगर साधना की

बेचैनी में भी एक आग है जो सम्पर्क में आनेवालों के कलेजों में अपनी जलन उतार सकती है और दहकती शंकाओं में भी एक बल है जो सुननेवालों के भीतर वैसी ही शंका जगा सकता है। समाधान की योग्यता पर मेरा अधिकार नहीं; मेरे पास जो थोड़ी-सी पूँजी है, वह शंकाओं और सवालों की है। निश्चेष्टतामयी शान्ति में खलल डालकर लोगों में बेचैनी जगाने का काम मैंने जीवन भर किया है। और सच पूछिए तो आज भी भारत के एक छोर से चलकर उसके दूसरे छोर तक मैं इसीलिए आया हूँ कि अपनी उन शंकाओं का हाल आपसे कह सकूँ जो मेरे दिल में खटक रही हैं और जिनका इस देश की एकता से घनिष्ठ सम्बन्ध है। मैं चाहता हूँ कि मेरी यह शंका छूत की तरह आपमें जल उठे, उन असंख्य युवकों और युवतियों में जल उठे जिनके कन्धों पर इस महान देश के सभी प्रकार के भार पड़नेवाले हैं और जिन्हें भारत का भविष्य अत्यन्त निकट से पुकार रहा है।

शंका नैराश्य का लक्षण नहीं, आशा का ही स्रोत है। असल में जिन चीजों के बारे में हमें शंका नहीं होती, उनकी असलियत तक पहुँचना भी हमारे लिए दुश्वार होता है। शंका मनुष्य को जगाए रहती है; शंका कठिनाई के भीतर से चलकर सत्य तक पहुँचने की राह है। शंका को सही बिन्दु से देखकर उसका समाधान खोजने की कोशिश करना मर्दानगी की सबसे बड़ी पहचान है। विश्वास की अंधता में सो जाने की अपेक्षा शंका के शूल पर चलते रहना धर्म की कहीं बड़ी पहचान है।

> There lives more faith in honest doubts,
> Believe me, than in half the Creeds.
>
> [टेनिसन]

जिस शंका का हमें और आपको आज डटकर सामना करना है, वह यह है कि अपने प्यारे देश को हमने आजाद तो कर लिया, मगर अभी हम उसे हर तरह से एक नहीं बना पाए हैं और इस चीज का शंका नाम मैं इसलिए देता हूँ कि देश में एक प्रकार का भ्रम छाया हुआ है कि हम एक हो चुके हैं और एकता के लिए हमें अब और कुछ करना बाकी नहीं है।

असल में हमारी एकता भूगोल और इतिहास की एंकता है तथा उसका एक आधार हमारा शासन-विधान भी है। लेकिन इस स्थूलता से ऊपर जो संस्कृति का सूक्ष्म स्तर है, उस पर हमारी एकता अभी खूब सुदृढ़ और सुस्पष्ट नहीं है। हमने जो एकता हासिल की है, वह सिर्फ तन की एकता है, मन की एकता के लिए हमें अभी बहुत प्रयास करना बाकी है। भाषा को लेकर खड़े होनेवाले झगड़े और प्रान्तीय विशिष्टताओं को लेकर उठनेवाले विवाद यह साफ बतला रहे हैं कि भारत का मन अभी कई हिस्सों में फटा हुआ है और सच्ची राष्ट्रीय एकता को जन्म देने के लिए जिस कुर्बानी की जरूरत है, वह कुर्बानी हम नहीं दे पा रहे हैं। दुर्गा के जन्म को सम्भव करने के लिए देवताओं में से प्रत्येक को अपने रक्त का एक अंश दान करना पड़ा था। भारतीय राष्ट्र की एकतारूपिणी दुर्गा भी तब तक आकार नहीं पा सकती जब तक कि भारत का प्रत्येक राज्य अपनी विशिष्टता का एक अंश उसके निमित्त उत्सर्ग नहीं कर दे। जब प्रत्येक सदस्य एक हद तक कुर्बानी करने को तैयार रहता है, तब परिवार की स्थिति ठीक होती है। इसी प्रकार उचित मात्रा में वैयक्तिकता का परिहार करने से राष्ट्रीयता का जन्म होता है। लेकिन हम भारत के विभिन्न प्रान्त वैयक्तिकता के मिथ्या मोह में फँसे हुए हैं। नतीजा यह है कि हमारी राष्ट्रीयता बल नहीं पा रही है। हम उस रूप से मिलकर खड़े होने में असमर्थ हो रहे हैं जिस रूप में खड़े हुए बिना हमारा उद्धार नहीं हो सकता।

एक तरह से देखिए तो हम जिस दुरवस्था में फँसे हुए हैं, उसकी बहुत बड़ी जिम्मेवारी हमारे भूगोल पर है। जिस प्रकार विस्तृत समुद्र और ऊँचे पर्वतों ने बाहरी दुनिया से काटकर हमें एक देश बना दिया, उसी प्रकार हमारे देश की नदियों और पहाड़ों ने हमें भीतर से भी विभक्त कर रखा है। उत्तर का मैदान, दक्षिण का प्लेटो और उससे भी दक्षिण का प्रायद्वीप–भारत के ये तीन खंड बहुत दिनों से अपनी अलग विशिष्टताएँ रखते आए हैं और भारत के राजनीतिक इतिहास के भी ये ही तीन क्षेत्र रहे हैं। पहाड़ों और नदियों के आकार के कारण ही हमारे देश में क्षेत्रीय संस्कृतियों को प्रेरणा मिली, क्षेत्रीय जोश को प्रोत्साहन और उत्साह मिला। और इस स्थिति का

प्रभाव हमारे इतिहास पर भी पड़ा। विंध्या के ऊपर को नीचे से मिलाने में कभी भी वह कामयाबी नहीं मिली जिसे हम टिकाऊ कह सकें। इसी प्रकार कृष्णा के इस पार को उस पार से एक करने में बराबर कठिनाई होती रही। मगर यह भी ध्यान देने की बात है कि इन तमाम भेदों को समेटकर सारे देश को एक करने का स्वप्न हमारे इतिहास की सबसे बड़ी शिक्षा है। पहाड़ों और समुद्रों से घिरे हुए इस विशाल देश में जो एक मौलिक एकता का भाव है, उसने कभी भी विश्राम नहीं लिया और वह हमारे राजनीतिक इतिहास पर बराबर अपना रंग फेंकता रहा है। वाल्मीकि की कल्पना इस देश की एकता के निमित्त थी; महाराज युधिष्ठिर का राजसूय यज्ञ भारत को एक बनाने के लिए किया गया था; चन्द्रगुप्त और अशोक ने देश की इसी आन्तरिक एकता के लिए प्रयत्न किये थे; भारत के अन्य दिग्विजयी सम्राटों के सामने भी यही उद्देश्य था कि किसी-न-किसी तरह सारा देश एक आन्तरिक सत्ता के अधीन रखा जाए। पठानों और मुगलों ने भी इस एकता के लिए कम कोशिश नहीं की। मगर सफलता शायद केवल अंग्रेजों को मिली और उससे भी बड़ी सफलता का श्रेय कांग्रेस को है, जिसने स्वाधीनता-आन्दोलन के सिलसिले में सारे भारत को विदेशी सल्तनत के खिलाफ भिड़ाकर उसे मन से भी बहुत कुछ एक कर दिया और जिसके बलिष्ठ नेता प्रातःस्मरणीय सरदार वल्लभभाई पटेल ने भारत के उन भागों को भी दिल्ली के अधीन कर दिया जो अंग्रेजों के जमाने में देश से अलग रहने का स्वांग भरते थे।

भारत में एक राज्य स्थापित करने में मुख्य बाधा प्रकृति को लेकर थी और उससे भी बड़ी बाधा शायद दूरी की थी जिसे तय करना आसान नहीं था। लेकिन अब वह बात नहीं रही। विज्ञान के कारण सारी दुनिया छोटी हो गई है और उसी के प्रभाव से भारत की भीतरी दूरी भी बहुत कम हो गई है। आज अगर देश के एक कोने में अकाल पड़े तो दूसरे कोने से अनाज भेजकर हम उसे दूर कर सकते हैं; और देश के चाहे जिस कोने में भी विद्रोह हो, हम दिल्ली से फौज भेजकर उसे आसानी से दबा सकते हैं। अब भारतीय एकता की बाधा प्रकृति या भूगोल नहीं, बल्कि भाषा और प्रान्तीयता का मोह है। हमारी सबसे बड़ी बाधा हमारा सदियों का यह

संस्कार है कि हम आर्य और तुम द्रविड़ हो; हम हिन्दू और तुम मुसलमान हो; हमारी भाषा हिन्दी और तुम्हारी भाषा बंगला है। और तब भी यह ठीक है कि जिन कठिनाइयों पर हम विजय पा चुके हैं, वे तन की कठिनाइयाँ थीं; और जिन उलझनों में आज फँसे हुए हैं, असल में वे मन की उलझनें हैं। इन उलझनों से बाहर निकलने का मार्ग भावना और विवेक के बीच समझौते का मार्ग है। भावना अपने-आपमें बड़ी ही पवित्र वस्तु है। लेकिन विवेक की उपेक्षा करने पर वह हमें गलत दिशा की ओर भी ले जाती है।

जब हम गुलाम थे, तब अपने इतिहास के उन स्थलों को पढ़कर हमें अपने पूर्वजों पर क्षोभ होता था जिन स्थलों पर यह लिखा हुआ है कि भारत की स्वाधीनता को प्राप्त करने अथवा उसकी सुरक्षा के लिए कोशिश करने का जब भी कोई मौका आया, इस देश के लोग छोटी बातों में उलझकर रह गए। वे अपनी जाति, अपने दल और अपने राज्य के मोह-पाश से निकलकर सम्पूर्ण देश की सेवा नहीं कर सके। और जब-जब हम यह पढ़ते थे, हम मन-ही-मन इतिहास से यह शिक्षा लेते थे कि अब हम ऐसी गलती नहीं करेंगे और हमारा देश हमसे जो भी बलिदान माँगेगा, उसे हम खुशी-खुशी दे देंगे। और यह सच है कि देश के लिए हमने काफी बलिदान किया है। हमने अपनी मातृभूमि को केवल आँसू और प्रस्वेद ही नहीं, एक हद तक अपना रक्त भी अर्पित किया है। किन्तु राष्ट्रीयता की महादेवी केवल आँसू, प्रस्वेद और रक्त से ही प्रसन्न होनेवाली नहीं है। वह आत्मदान चाहती है। वह सम्पूर्ण समर्पण माँग रही है। पारस और लोहे के बीच कागज का एक टुकड़ा भी आ जाए तो लोहा सोना नहीं बन सकता। राष्ट्रीयता का वरण हमें पूरी निश्छलता के साथ करना होगा। जिस आदर्श की स्थापना के लिए हमने इतने कष्ट सहे, उसे भावों की राह से अपने हृदय पर प्रतिष्ठित करना होगा। राष्ट्रीयता का आह्वान करने के लिए हमने एक स्वर में पुकार की थी। आज जब उसकी सवारी पहुँच रही है, तब हम दो-चार या छह आवाजों में नहीं बोल सकते।

अपने समग्र इतिहास में हम अपने देश के भीतर एकच्छत्र शासन स्थापित करने का एक हठी प्रयास देखते हैं, जिसके सभी कारण राजनीतिक

ही नहीं, बहुत कुछ भौगोलिक और सांस्कृतिक भी थे। विविधताएँ हमारे देश में जितनी हों; किन्तु हमारी एकता भी कम नहीं है। हमारी विभिन्नता का सबसे बड़ा प्रमाण हमारी भाषा की अनेकता मानी जाती है। किन्तु यह कितने आश्चर्य की बात है कि अत्यन्त प्राचीन काल से हम सभी भाषा-भाषी लोग एक ही उद्‌गम से रस लेते रहे हैं, एक ही सत्य को विभिन्न शब्दों में कहते रहे हैं और हमारी सभी भाषाओं में भारत का एक ही मान प्रवहमान रहा है। यह जो हमारी मौलिक जातीय एकता है, उसी का सहारा लेकर प्राचीन काल में यहाँ एकच्छत्र शासन स्थापित करने के प्रयत्न किये गए थे। यह जो हमारी मौलिक एक़ता है, उसी के कारण हम शेष विश्व से अलग और दूर से ही पहचाने जाने योग्य एक स्वतन्त्र इकाई के रूप में जीते रहे हैं। सीमा के बाहर की दुनिया से भारत को अलग रखकर उसे आन्तरिक एकता के सूत्र में बाँधने की कल्पना उतनी ही पुरानी है, जितना पुराना यह देश है।

वाल्मीकि से लेकर सरदार पटेल तक आन्तरिक एकता के लिए हमारे यहाँ जो उद्योग चलते रहे हैं, उनका संकेत ऊपर किया जा चुका है। इस सत्य का दूसरा पहलू यह है कि सीमा के बाहर के देशों को भारत में मिलाकर रखने का कार्य भी उतना ही अस्वाभाविक है जितना कि इसके अपने अंग को काटकर उसे अलग जीवित रखने का प्रयास। मौर्यों ने अफगानिस्तान (कंधार) को भारत में मिलाया था, मगर कंधार भारत में रखा नहीं जा सका। यूनानियों ने पंजाब को काटकर कंधार में मिला लिया था, मगर उनकी भी कोशिश बेकार हुई और पंजाब भारत में वापस आ गया। महमूद गजनी ने काबुल में बैठकर भारत पर राज्य करना चाहा, लेकिन इस अस्वाभाविक कार्य में उसे सफलता नहीं मिली। पठान बादशाहों ने दिल्ली में बैठकर पश्चिमोत्तर सीमा के पार की जमीन पर हुकूमत करनी चाही, मगर वे भी नाकामयाब रहे। सिन्ध पर जब पहले-पहल मुसलमानों ने कब्जा किया तब वे भी चाहते थे कि सिन्ध ईरान का अंग रहे और वे ईरान से ही उस पर शासन चलाएँ, लेकिन यह भारत के भूगोल के प्रतिकूल बात थी, इसलिए उनकी कोशिश भी बेकार हुई।

असली बात यह है कि जैसे अन्य अनेक देश सारी दुनिया से अलग अपने-आपमें पूर्ण हैं, उसी प्रकार भारत भी बाकी दुनिया से भिन्न एक अलग देश है और उसके भीतर बसने वाले सभी लोग भारतीय हैं। इतिहास और भूगोल ने मिलकर हमारे लिए जो भाग्य निर्धारित कर दिया है, उससे हम भाग नहीं सकते। दिल्ली में हम जिस राष्ट्रीयता की चेतनमूर्ति देखते हैं, वह आकाश से नहीं टपकी है, बल्कि उसका निर्माण भारत के इतिहास और भूगोल ने किया है तथा उसके चरण भारत के प्रत्येक प्रान्त में गड़े हुए हैं। अगर भारत का कोई प्रान्त ऐसी बात करता है जिससे भारत की राष्ट्रीय एकता में खलल पड़ती हो तो मैं समझता हूँ, वह प्रान्त राष्ट्रीयता के इसी चरण को कमजोर कर रहा है और इस प्रकार वह उसी आदर्श पर कुठाराघात कर रहा है जिसके लिए खुद उसने भी कम दुःख-दर्द नहीं सहे हैं, कम कुर्बानियाँ नहीं की हैं।

ऐसा लगता है कि आजादी की लड़ाई के दिनों में हम जिस राह पर चल रहे थे, उससे अब हमारा जी ऊबने लगा है और हम दायें या बायें उतर जाना चाहते हैं। जिन मूल्यों ने हमें विजय दिलाई, उन मूल्यों का मान हमारी आँखों में घटने लगा है; हिन्दी के प्रति देश के कुछ हिस्सों में जो प्रतिकूल भावना जगी है, वह हमारी इसी चंचल प्रवृत्ति का प्रमाण है। हिन्दी को देश ने अपनी एकता की वृद्धि के लिए, विशेषतः, उत्तर और दक्षिण को परस्पर समीप लाने के लिए अपनाया था, मगर कितने दुःख की बात है कि वही हिन्दी उत्तर और दक्षिण के बीच भेद डालने का बहाना बनाई जा रही है। सत्यासत्य का विचार किए बिना दक्षिण की जनता से कहा जा रहा है कि हिन्दी उत्तर वालों की भाषा है और उसके भीतर से उत्तर वालों का साम्राज्य दक्षिण पर छाया जा रहा है। द्रविड़स्तान की माँग करने वाले लोग हिन्दी से क्रुद्ध हैं; भाषावार प्रान्तों की माँग करने वाले भाई और कुछ नहीं पाकर हिन्दी पर अपना गुस्सा उतारते हैं; और संसद में अब लोगों को यह कहने में कोई हिचकिचाहट नहीं होती कि अगर मन्त्री हिन्दी में बोलेंगे तो हम सदन छोड़कर चले जाएँगे।

सोचने पर भी पता नहीं चलता कि इस उच्छेदकारी आचरण का मूल क्या है? क्यों ऐसा हुआ कि जो लोग अंग्रेजी को हटाकर उसकी जगह पर

किसी देश-भाषा को लाना चाहते थे, उनमें से भी कितने ही लोग आज हिन्दी-विरोध पर मौन हैं? यह एक ऐसा सवाल है, जिस पर केवल दक्षिण ही नहीं, उत्तर वालों का भी ध्यान गम्भीरता से जाना चाहिए।

जो बात मुझे दिखाई देती है, वह यह है कि हिन्दी को लेकर दक्षिण और उत्तर का सवाल ही उठाना व्यर्थ है, क्योंकि उत्तर के लोगों ने हिन्दी जिनकी मातृभाषा समझी जाती है, कभी भी यह दर्खास्त नहीं की कि उनकी भाषा समस्त राष्ट्र की भाषा बना दी जाए। जब से राष्ट्रीय आन्दोलन का जन्म हुआ तभी से देश के नेता यह सोचने लगे कि अंग्रेजी के स्थान पर हमें किसी देशभाषा को जारी करना चाहिए और एक उपयुक्त देशभाषा की खोज करते-करते वे, स्वयमेव, हिन्दी पर जा पहुँचे, क्योंकि हिन्दी अधिक-से-अधिक लोगों के द्वारा बोली और समझी जा रही थी तथा उसकी कामचलाऊ योग्यता बड़ी ही आसानी से प्राप्त की जा सकती थी। अतएव राष्ट्रभाषा के पद के लिए हिन्दी को चुनने का दायित्व 19वीं सदी के उन नेताओं पर है, जिनमें से कोई भी हिन्दी-भाषी प्रान्त का नहीं था। राजा राममोहन राय और बंकिमचन्द्र बंगाली थे जिन्होंने हिन्दी को राष्ट्रभाषा बनाने का प्रस्ताव रखा। स्वामी दयानन्द सरस्वती गुजराती थे जिन्होंने हिन्दी में केवल पुस्तकें ही नहीं लिखीं, बल्कि हिन्दी को राष्ट्रभाषा बनाने के वास्तविक आन्दोलन का आरम्भ किया। जस्टिस शारदाचरण मित्र बंगाली थे, जिन्होंने 'देवनागर-पत्र' निकालकर यह आन्दोलन चलाया कि देश की सभी भाषाएँ नागरी में ही लिखी जाएँ और श्री कृष्णस्वामी मद्रासी थे जिन्होंने इस आन्दोलन का समर्थन किया। कांग्रेस केवल हिन्दी-भाषी लोगों की संस्था नहीं थी, जबकि उसने स्वेच्छा से हिन्दी को राष्ट्र के लिए उपयुक्त ठहराया था। और सबसे बढ़कर तो यह बात है कि गांधी जी जब हिन्दी को अपनी बाँहों पर उठाकर राष्ट्रभाषा-पद पर बिठा रहे थे तब उनके मन में हिन्दी-भाषी प्रान्तों के साथ पक्षपात की कोई बात नहीं थी।

देवियो और सज्जनो! राष्ट्र की भाषा के प्रश्न की अपेक्षा राष्ट्रीय एकता का सवाल कहीं ऊँचा और महान है। हिन्दी को हमने इसलिए चुना कि उससे राष्ट्र की एकता का विकास होने वाला है; इसलिए नहीं कि उसे

बहाना बनाकर हम प्रान्तों के बीच की खाई को और भी चौड़ी कर दें। अगर लोगों को यह पिछली बात मंजूर हो तो फिर उन्हें इस बात पर भी विचार करना चाहिए कि अंग्रेजी की जगह पर अगर हम हिन्दी को रखना नहीं चाहते तो और कौन-सी देशभाषा है जो इस जगह पर चलाई जा सकती है? और मेरा विश्वास है कि जो भी आदमी इस सवाल पर गौर करेगा, उसे अपनी अन्तरात्मा से वही जवाब मिलेगा जो 19वीं सदी के भारतीय नेताओं और सुधारकों को मिला था अथवा जो उत्तर हमें गांधी जी दे गए हैं।

फिर भी मैं मानता हूँ कि हिन्दी साम्राज्यवाद का नारा बिलकुल अकारण नहीं उठा है। उसके भीतर भी एक छोटा-सा मनोवैज्ञानिक सत्य है, यद्यपि जिन शब्दों में उस सत्य की अभिव्यक्ति की जा रही है, वे जरूरत से ज्यादा कड़े हैं। बात यह है कि जिस राष्ट्रीय एकता को हम अपने देश में साकार देखना चाहते हैं, उसकी सेवा के सिलसिले में यह नहीं चल सकता कि कुछ प्रान्त तो कठिनाइयों का सामना करते जाएँ और कुछ प्रान्तों के सामने कठिनाई झेलने का मौका ही नहीं आए। हमारे दूरदर्शी प्रधानमन्त्री पंडित जवाहरलाल जी नेहरू ने एक दिन कहीं संकेत किया था कि हिन्दीवालों को चाहिए कि वे हिन्दी के राष्ट्रभाषा होने का अनुचित लाभ उठाने की कोशिश नहीं करें। असल में यही वह बात है जिस पर हिन्दीवालों का ध्यान जाना चाहिए। मैं यह नहीं मानता कि हिन्दीवालों के आन्दोलन ने हिन्दी को राष्ट्रभाषा के पद पर आसीन किया है। इस पद पर आसीन तो वह इसलिए हुई कि उसके भीतर राष्ट्रभाषा बनने की योग्यता मौजूद थी और सारे देश ने ठोक-बजाकर उसे अपने व्यवहार के लिए चुन लिया। लेकिन हिन्दीवालों को अगर हिन्दी के राष्ट्रभाषा पद पर नाज हो, तो इसी नाज के साथ एक जिम्मेदारी भी आती है जिसका निर्वाह किए बिना वे विरोधियों की जुबान को बन्द नहीं कर सकेंगे। और वह जिम्मेदारी यह है कि अगर वे हिन्दी का मार्ग निष्कंटक करना चाहते हैं तो उन्हें भी हिन्दी के प्रति अपने प्रेम की कीमत चुकाने के लिए दक्षिण की कोई-न-कोई भाषा अवश्य सीखनी चाहिए, जिससे दक्षिण की जनता यह समझ सके कि उत्तर

के लोग केवल गंगा और यमुना को ही दक्षिण की ओर भेजने को लालायित नहीं हैं, प्रत्युत् वे कृष्णा और कावेरी के जल को भी उत्तर की ओर ले जाने को उतने ही बेकरार हैं। हिन्दी के लिए गर्दन कटाने और हिन्दी के लिए जान देने की सारी घोषणाएँ निस्सार होंगी, अगर हम हिन्दी के मार्ग को निष्कंटक बनाने के लिए जान देने से कहीं आसान काम करने को तैयार नहीं हुए। मैं समझता हूँ कि राष्ट्रभाषा के द्वारा राष्ट्र की जो भी सेवा हो सकती है, उसे सुगम बनाने के लिए उत्तर भारत के विश्वविद्यालयों को अपने यहाँ दक्षिण की भाषाओं की पढ़ाई अविलम्ब आरम्भ कर देनी चाहिए।

इस प्रस्ताव का उद्देश्य केवल विरोधियों को उत्तर देना ही नहीं, बल्कि उससे भी कहीं महान कार्य सिद्ध करना है। असल में जिस उद्देश्य की सिद्धि के लिए हम हिन्दी को अन्य प्रान्तों में फैलाना चाहते हैं, उसी उद्देश्य की सिद्धि के लिए यह भी आवश्यक है कि अन्य प्रान्तों की भाषाओं का हिन्दी प्रान्तों में व्यापक प्रचार हो। यह कितनी ग्लानि की बात है कि भारत के विभिन्न भाषा-भाषी प्रान्त आपस में एक-दूसरे को तब तक नहीं जान सकते, जब तक कि एक भाषा की चीज अंग्रेजी में अनूदित नहीं कर दी जाए और दूसरी भाषा का पाठक अंग्रेजी का अच्छा जानकार न हो। जब से संस्कृत का चलन रुका और अंग्रेजी यहाँ जम गई, तब से हमारे बौद्धिक पड़ोसी भी अंग्रेज ही हो गए हैं। यह कोई बुरी बात नहीं है, मगर इतिहास को लेकर यहाँ एक बात का फर्क पड़ता है। वास्तव में जिनका इतिहास एक है, सबसे पहले बौद्धिक पड़ोसी भी उन्हीं को होना चाहिए। लेकिन हम एक इतिहास के भागीदार होते हुए भी भाषाभेद के कारण एक-दूसरे के साहित्य को उसके मूल-रूप में नहीं पढ़ सकते। परिणाम यह है कि हम सिर्फ परदों के आर-पार बस रहे हैं, फिर भी यह नहीं जान पाते कि परदे के उस पार चिन्तन की कौन-सी धारा बह रही है। हिन्दी के व्यापक प्रचार से इस दूरवस्था का भी बहुत कुछ अन्त हो जाएगा। लेकिन पूरा सुधार तभी सम्भव है जबकि हिन्दी प्रान्तों में अन्य भाषाओं के अच्छे ज्ञाता काफी तादाद में उत्पन्न हो जाएँ।

जहाँ तक हिन्दी के साथ दक्षिण पर उत्तर के सांस्कृतिक अभियान का सवाल है, मैं इस सवाल को भी गलत मानता हूँ, क्योंकि मेरा विश्वास है कि भारतवर्ष में आज कोई भी ऐसी संस्कृति नहीं है जिसका निर्माण केवल उत्तर वालों ने किया हो अथवा जिसके एकमात्र निर्माता दक्षिणपथ के लोग हों। अगर संस्कृति से हमारा तात्पर्य धर्म से हो, तब भी हिन्दू धर्म या हिन्दू संस्कृति ईसाइयत अथवा इस्लाम की तरह किसी एक पुरुष की रचना नहीं है, जिसे हम उत्तर या दक्षिण, पूरब या पच्छिम में सीमित कर दें। ईसाइयत और इस्लाम भी आज उस रूप में नहीं है जो रूप उन्हें उनके प्रवर्तकों ने दिया था। और हिन्दू संस्कृति का मूल खोजना तो गंगा का उद्गम खोजने के समान दुस्तर कार्य है। जिसे हम हिन्दुत्व कहते हैं, वह न तो सिर्फ आर्यों की रचना है, न द्रविड़ों की और न यही दावा किया जा सकता है कि उसके भीतर उन नीग्रो और औष्ट्रिक जातियों की कोई देन नहीं है, जो जातियाँ आर्यों और द्रविड़ों से भी पूर्व इस देश में आकर बसी थीं। नीग्रो, औष्ट्रिक, द्रविड़, आर्य और मंगोल अत्यन्त प्राचीन काल में भारत में बाहर से आनेवाली जातियों का यही क्रम था। इन सभी जातियों के लोगों को लेकर भारतीय जनता की रचना हुई और इन सभी जातियों ने जो कुछ सीखा या जाना था, वही उस संस्कृति का मूलाधार हुआ जिसे हम हिन्दू संस्कृति कहते थे। मुसलमानी आक्रमण से पहले इस देश में और भी कितनी ही जातियों के लोग आए, मगर उनका अब कोई अलग निशान बाकी नहीं है। वे सब-के-सब इस विशाल सांस्कृतिक समुद्र में विलीन हो चुके हैं।

जहाँ तक आर्यों और द्रविड़ों के अंशदानों की तुलना का प्रश्न है, मैं समझता हूँ कि डॉक्टर सुनीतिकुमार चटर्जी ने ठीक ही लिखा है कि हिन्दू संस्कृति के कोई बारह आना उपादान सीधे द्रविड़ संस्कृति से आए हैं। कुछ दिन पहले तक लोगों का सामान्य विचार था कि हिन्दू संस्कृति में जो भी श्रेष्ठ तत्त्व हैं, वे आर्यों की देन हैं और जो भी कुत्सित और निहीन अंश हैं, वे अनार्यों के यहाँ से आए हैं। मगर आज इस बात को कोई नहीं मानता। असल में आर्य जब इस देश में आए, वे भावुक और घुमक्कड़ जीव थे, यद्यपि

मेधा और साहसिकता का उसमें पूरा प्राचुर्य था। तब तक उन्हें किसी एक स्थान पर ज्यादा दिनों तक बसकर सभ्यता का विकास करने का अवसर नहीं मिला था। किन्तु द्रविड़ भारत के पुराने वासी होने के कारण इस देश में ऊँची सभ्यता का विकास कर चुके थे। अगर मोहनजोदड़ो की सभ्यता द्रविड़ों की सभ्यता मानी जाए, तो यह मानना पड़ेगा कि वे नगर-सभ्यता के स्वामी थे और इस सभ्यता के नगरों का ध्वंस करने में समर्थ होने के कारण ही आर्यों ने प्रशंसापूर्वक अपने देवता का नाम पुरंदर रखा।

शिव और शक्ति-भावना का हिन्दू धर्म में बड़ा ही महत्त्व है। किन्तु आर्य जब इस देश में आए थे तब उनके पास यह भावना नहीं थी। आदि-पिता और आदि-माता की खोज में वे तब तक शायद द्यायुष-पिता और पृथ्वी-माता तक ही पहुँच सके थे। किन्तु आकाश-पिता और पृथ्वी-माता की कल्पना में कोई खास दार्शनिक गहराई नहीं थी। इसके विपरीत, आर्यों से पूर्व द्रविड़ लोगों में शिव और शक्ति-सम्बन्धी कल्पना जीवन की मूल शक्तियों के रूप में सुविकसित हो चुकी थी। आर्यों पर द्रविड़ों की यह बढ़ती कैसे हुई, इसका रहस्य बतलाते हुए सुनीति बाबू ने लिखा है कि द्रविड़ लोग रूमसागर (मेडिटेरेनियन) के पास से आए थे, और सम्भवतः शिव और शक्ति विषयक दार्शनिक भाव भी वे वहीं से साथ ले आए थे। उनका मूल निवास कहीं एजियन समुद्र के किनारे पड़ता था जहाँ सिंह पर चढ़ने वाली देवी-माता और साँढ़ पर चढ़ने वाले देव-पिता की कल्पना प्रचलित हो चुकी थी। इस प्रसंग में भी मोहनजोदड़ो की शिवमूर्ति और वृषभ-प्रतिमा की याद आना स्वाभाविक है और ये मूर्तियाँ यहाँ भी अर्थपूर्ण दीखती हैं। हिन्दू संस्कृति में शिव और उमावाद का जो विकास हुआ, उसका अधिकांश द्रविड़ सभ्यता से आया है, इस बात से इनकार करना प्रायः असम्भव दीखता है। इसी प्रकार, वैष्णव-भावना, अनेक अनुष्ठान, पूजा और आचार तथा संस्कृति के सैकड़ों अन्य अंगों में द्रविड़-प्रभाव की खोज की जा सकती है।

सच पूछिए तो धार्मिक विश्वासों और देवी-देवताओं की कल्पनाओं का तो यह हाल है कि हम यह समझ ही नहीं सकते कि द्रविड़-धर्म कोई

और, और आर्य-धर्म कोई और था। शायद आर्य-धर्म में हम आज जितना कुछ देखते हैं, वह सब-का-सब किसी-न-किसी रूप में यहाँ पहले से ही मौजूद था और आर्यों ने परिष्कारपूर्वक उसे अपना लिया; शायद आर्य और द्रविड़ मिलकर इस तरह एकाकार हो गए कि दोनों के धर्मों और विश्वासों में कोई भेद नहीं रह गया। एक सिद्धांत यह भी है कि आर्यों के वे ही देवता उनके साथ बाहर से इस देश में आए थे जिनका उल्लेख ऋग्वेद में मिलता है। जो देवता पुराणों में प्रसिद्ध होते हैं, वे अवश्य ही द्रविड़ और आर्य संस्कृतियों के योग से जन्मे हैं।

और इस सांस्कृतिक मिलन की सबसे बड़ी विशेषता यह रही कि आर्यों के नेतृत्व में इस देश में जब समन्वय की प्रक्रिया आरम्भ हुई तब किसी ने भी कोई हठधार्मिता नहीं दिखलाई, किसी भी संस्कृति ने इस समन्वय का विरोध नहीं किया। आर्यों और द्रविड़ों के आरम्भिक साहित्य से यह तो जाना जा सकता है कि दोनों जातियों के बीच संघर्ष हुआ था, मगर उसके भीतर यह प्रमाण नहीं मिलता कि सांस्कृतिक समन्वय को लेकर उनके बीच कोई मतभेद था।

और यही बात भक्ति के विषय में भी कही जा सकती है। विद्वानों का अनुमान है कि प्रेम और भक्ति के भाव इस देश में आर्यों के पहले से ही वर्तमान थे। जब आर्य आए, उन्होंने इस भाव को भी सहजता से अपना लिया; किन्तु उनकी प्रकृति-पूजा और कर्मकांड के नीचे वह बहुत दिनों तक दबा रहा। जब मुसलमान आए, उसके पहले ही प्रायः 6ठी से लेकर 9वीं सदियों तक दक्षिण भारत के आलवार और नाचनार सन्त कवि वैष्णव और शैव, दोनों ही शाखाओं में भक्ति का व्यापक प्रचार कर चुके थे। फिर जब मध्यकालीन भारत में सांस्कृतिक समन्वय की प्रक्रिया आरम्भ हुई, दक्षिण ने भक्ति की स्निग्ध ज्योति लेकर उत्तर का मार्ग-प्रदर्शन किया। और उत्तर भारत आज भी दक्षिण के इस ऋण को कृतज्ञतापूर्वक याद रखता है।

भक्ती द्राविड़ ऊपजी, लाये रामानन्द,
परगट कियो कबीर ने, सात द्वीप, नौ खंड।

केवल रामानन्द ही नहीं, निंबार्क, मध्व, रामानुज और वल्लभाचार्य– ये सब-के-सब दक्षिण में जन्मे थे और उत्तर में पूजित हुए। वास्तव में शंकर के समय से लेकर आज तक हिन्दुत्व का जो भी सेवक, रक्षक या त्राता उत्पन्न हुआ, वह दक्षिण भारत में उत्पन्न हुआ। ऐसा लगता है कि जब उत्तर में हिन्दू संस्कृति को बहुत ज्यादा तकलीफ होने लगी तब वह घबराकर दक्षिण की ओर खिसक गई। आज भी वह दक्षिण के समाज में जितनी जीवित और चैतन्य है, उतनी उत्तर में नहीं। दक्षिण वालों के पूर्वजों ने बहुत प्राचीन काल में उत्तर वालों के पूर्वजों को संस्कृति का दान दिया था। मध्यकाल में भी हिन्दुत्व की असली सेवा दक्षिण वालों ने ही की। दक्षिण ही आज भी हमारी संस्कृति का प्रधान गढ़ है। अपनी आध्यात्मिक माता श्री दक्षिणेश्वरी को मैं प्रणाम करता हूँ और जो भाई यह बहाना करके हमसे रूठना चाहते हैं कि हम उन पर अपनी संस्कृति का बोझ लादने वाले हैं, उनसे मैं निवेदन करना चाहता हूँ कि हमारे पास आप पर लादने लायक कोई चीज नहीं है; हमारी पूँजी भी तो वही है जिसका पालन-पोषण और रक्षण आप कर रहे हैं। हम तो सिर्फ उस मन्दिर में झाड़ू लगाने के अभिलाषी हैं जिसके भीतर हम दोनों का आराध्य बसता है।

ये ही कुछ बातें हैं, जिन्हें मैं आपके सामने और आपके मंच से सारे देश की सेवा में निवेदन करना चाहता था। भारतवर्ष एक है और सभी भारतवासी उसी की सन्तान हैं। यद्यपि वे नदियों और पहाड़ों के आर-पार दूर-दूर तक फैले हुए हैं, किन्तु उनकी मानसिकता का उत्स और उनके सपनों का उद्गम एक है। शरीर के रंग, भाषा के भेद और स्थानों की दूरी से क्या होता है? हममें से हर एक के हृदय में एक ही देवता का ध्यान है और हममें से हर एक के भाव एक ही दिशा की ओर प्रभावित हो रहे हैं। पहाड़ों और नदियों की क्या मजाल कि वे हमारे दिलों के बीच दीवार खड़ी करें! प्रकृति की स्थूलता के ऊपर जो शून्य अवकाश है, सपने उसी में से होकर दौड़ते हैं। बीच में विंध्य तो अनेक सहस्राब्दियों से पड़ा रहा है, मगर तब भी हम एक-दूसरे का आलिंगन रोज-रोज करते रहे हैं।

आइए, हम सभी लोग आज के दिन उस महामिलन की अमरता के लिए प्रार्थना करें जो केवल भारतीय ही नहीं, सभी मानवता का ध्येय है!

जो त्रिकाल-कूजित संगम है, वह जीवन-क्षण दो,
मन-मन मिलते जहाँ देवता, वह विशाल मन दो।
देख सकें सबमें अपने को, महामनुजता के सपने को,
हे प्राचीन! नवीन मनुज को वह सुविलोचन दो।[1]

1. 18 अगस्त, 1952 को गुजरात प्रान्तीय राष्ट्रभाषा प्रचार-समिति के दीक्षान्त-समारोह (अहमदाबाद) में दिया गया भाषण।

दिल या दिमाग?

अहमदाबाद से लेकर बम्बई और पूना तक तथा उधर सौराष्ट्र तक गुजराती तथा मराठी बोलनेवाली जनता में राष्ट्रभाषा के प्रति जो प्रेम जगा है, वह भारत के उज्ज्वल भविष्य की सूचना देता है और यह प्रेम केवल पूना तक ही सीमित नहीं है, बल्कि उससे भी आगे कन्याकुमारी तक उसकी लहर बढ़ती ही चली गई है। यही नहीं, प्रत्युत् आसाम, बंगाल और उड़ीसा–ये सभी भूभाग उस प्रेम से प्लावित हो रहे हैं। दक्षिण भारत हिन्दी-प्रचार-सभा और वर्धा की राष्ट्रभाषा प्रचार-समिति, विशेषतः इन दो संस्थाओं ने राष्ट्रीय एकता की वृद्धि के लिए जो मूल्यवान प्रयास किए हैं, उनका विवरण भविष्य आदर के साथ लिखेगा और आनेवाली सन्ततियाँ उन अनेक लोगों के प्रति सम्मानपूर्वक मस्तक झुकाएँगी जो आज सब कुछ छोड़कर केवल राष्ट्रभाषा के प्रचार में लगे हुए हैं–जो एक ऐसे समय में अपनी निष्ठा अटल हैं जब हजारों तपस्वी और बलिदानी लोगों को माया ने अपनी ओर

खींच लिया है। सच पूछिए तो कुछ अपवादों को छोड़कर बापू के सपनों के सच्चे वारिस आज वे ही लोग रह गए हैं, जो राष्ट्रभाषा के प्रचार में लगे हुए हैं अथवा जो गाँवों में बैठकर कोई-न-कोई रचनात्मक काम कर रहे हैं और ये ही वे लोग हैं जिनकी कोशिश से भारत के उज्ज्वल भविष्य का दरवाजा खुलनेवाला है।

चाक-चिक्य और शान-शौकत बड़ी ही क्षणस्थायी वस्तु है। संसार का कोई भी बड़ा काम रोशनी की हलचल में नहीं किया जाता। बड़े काम तो वे ही कर पाते हैं जो रोशनी से जरा अलग गोधूलि में छिपकर बैठते हैं, जो शान-शौकत की दुनिया से दूर हैं और जो अपने कार्य के ध्यान में इस तन्मयता से लगे हुए हैं कि धन और मान की उन्हें याद ही नहीं आती। राष्ट्रभाषा-प्रचारकों का सारा समुदाय गोधूलि की इसी एकान्तता में निवास करता है और इस समुदाय के कार्य उन कार्यों से कहीं मूल्यवान हैं जिनके पीछे विधान सभाओं में इतनी भीड़ लगी हुई है। क्योंकि कानूनों के जरिये हमने देश की एकता की जो प्रतिमा तैयार की है, वह अभी गूँगी है। वह अभी पंगु है। वह अभी बहुत-कुछ बेजान भी है। बोलने, चलने और हँसने-रोने की शक्ति उसे आपसे मिलेगी। आप जिस काम में लगे हुए हैं, उसकी कामयाबी से मिलेगी। दिल्ली के भरोसे सब कुछ छोड़ देने से काम नहीं चलेगा। दिल्ली तो खुद एक मशीन है, और मशीनें मूर्तियाँ गढ़ना जानती हैं, उनके भीतर जान नहीं डाल सकतीं। जान डालने का जिम्मा तो उन लोगों का है, जो गीत-कवित्त, नाटक और उपन्यास लिखकर या नृत्य और कला के द्वारा जनता के हृदय को आन्दोलित करते हैं अथवा जो लोग देश की अनेक जिह्वाओं को एक वाणी में बोलना सिखा रहे हैं।

राष्ट्रभाषा की शिक्षा देश की एकता के लिए है; राष्ट्रभाषा की शिक्षा राष्ट्रीय गौरव के उत्थान के लिए है। बहुत दिन हुए, अकबर इलाहाबादी ने राष्ट्रीय शिक्षा का महत्त्व बतलाते हुए एक पंक्ति कही थी : 'उर्दू में नज्मे-मिल्लत, बी.ए. में सिर्फ रोटी।' वह बात आज भी सत्य है। आज भी अंग्रेजी हम इसलिए नहीं पढ़ते कि वह हमारी कौमी जबान है या उसके भीतर हमारे राष्ट्र का हृदय धड़कता है, बल्कि इसलिए कि देश में शासन

का जो ढाँचा काम कर रहा है, उसके भीतर प्रवेश पाने के लिए अंग्रेजी हमें मजबूरन सीखनी पड़ती है। जिनका उद्देश्य बड़ा नहीं है जो किसी भी तरह केवल अपना और अपने परिवार का सुख खोजते हैं, अंग्रेजी की ओर दौड़नेवालों में उन्हीं की संख्या विशाल है। इसके विपरीत, जिन्होंने अपने सामने कोई बड़ा लक्ष्य रखा है, जो अपने शरीर और परिवार से पहले अपने समाज और देश को सुखी देखना चाहते हैं, वे उस विद्या की ओर जा रहे हैं; जो अर्थकारी नहीं, परमार्थ सिखानेवाली है, जिससे शारीरिक सुखों की प्राप्ति तो वैसी नहीं होती किन्तु आत्मा का आनन्द खूब मिलता है।

बापू की प्रेरणा से जब राष्ट्रभाषा का प्रचार पहले-पहल आरम्भ हुआ था; तब से लेकर आज तक बहुत वर्ष बीत गए। इस बीच जिन्दगी ने बहुत बड़ी करवट ली और देश स्वाधीन हो गया। फिर भी प्रचारकों का काम सिमटा नहीं, वह और विस्तार पाता गया है। लोग यह आशा करते थे कि देश के स्वाधीन होने पर प्रचारकों का कुछ बोझ सरकार भी सँभाल लेगी, लेकिन जैसे जनता के अन्य बहुतेरे काम उन हाथों की प्रतीक्षा में हैं जो उन्हें पूरा करेंगे, वैसे ही राष्ट्रभाषा की समस्याएँ भी उन सरकारों की राह देख रही हैं, जिन्हें उनका वाजिब हल निकालना आता होगा।

फिर भी प्रचारकों को धन्यवाद है कि उन्होंने अपने काम को सरकार के भरोसे नहीं छोड़ा और वे तमाम कठिनाइयों को चीरते हुए आगे ही बढ़ते जा रहे हैं। गांधी जी की मशाल आज केवल रचनात्मक कार्य करने वालों के हाथ में शोभा दे रही है और इन कार्यकर्ताओं में राष्ट्रभाषा-प्रचारकों का स्थान बड़ा ही श्लाघ्य है, इसमें सन्देह नहीं।

कठिनाइयाँ बहुत हैं और हमारी उपेक्षा भी कम नहीं है। फिर भी हमें इस आशा में धैर्य के साथ आगे बढ़ते जाना है कि गांधी जी ने हमारे लिए जिस काम की विरासत छोड़ी है, असल में वह इस देश की कोटि-कोटि जनता का काम है और हमारे काम से जनता की तथा जनता की उन्नति से हमारे कार्य की प्रगति होनेवाली है। हमें यह सोचकर भी साहस रखना है कि राष्ट्रभाषा का सारा इतिहास ही संघर्षों का इतिहास रहा है। अंग्रेजों को सबसे अधिक दुश्मनी हिन्दी से थी क्योंकि 19वीं सदी से ही वे हमारे

पूज्य नेताओं के मुख से सुनते आए थे कि हम एक-न-एक दिन हिन्दी के जरिये अंग्रेजी को अपदस्त कर देंगे। इस देश में अंग्रेजों का राज्य वैर-फूट पर कायम था, मगर वे जानते थे कि जिस दिन देश में हिन्दी का प्रचार बढ़ेगा, उसी दिन से वैर-फूट का भाव घटने लगेगा और देश के भीतर एकता की वह शक्ति उत्पन्न हो जाएगी जो स्वाधीनता प्राप्त किए बिना नहीं रहेगी। और अंग्रेज जिन कारणों से हिन्दी के विरोधी थे, भारत के राष्ट्रीय विचार वाले सभी लोग ठीक उन्हीं कारणों से हिन्दी की ओर उन्मुख हो रहे थे। जनभाषा जनशक्ति का प्रतीक होती है, इसलिए अंग्रेज हिन्दी को जनभाषा के पद तक जाने देना नहीं चाहते थे। और ध्यान से देखने पर आपको पता चलेगा कि हिन्दी के लिए आज भी जिनमें उत्साह का अभाव है अथवा जो सिर्फ ऊपर मन से इसका समर्थन करते हैं, उनमें बहुमत ऐसे ही लोगों का है, जिनका स्वार्थ अंग्रेजी पर निर्भर करता है या जो लोग भेदनीति एवं प्रान्तीयता की राह से अपने वैयक्तिक पद को ऊँचा उठाना चाहते हैं। यह हिन्दी पर नई मुसीबत है और इसका सामना हमें काफी सावधानता से करना होगा। असली कठिनाई यह है कि जिन लोगों ने आजादी की लड़ाई जीती, आजादी का फल केवल उन्हीं के हाथ में नहीं रहा। वह कुछ ऐसे लोगों के कब्जे में भी चला गया है जो जनता की इच्छाओं से अपरिचित हैं, जिन्हें धूप और वर्षा में चलने का मौका नहीं मिला, जिन्होंने पंखों के नीचे शिक्षा पाई तथा जिनकी जीविका भी पंखों के ही नीचे चल रही है।

मगर याद रहे कि अंग्रेजी में देश की किस्मत का लेखा लिखने का अप्राकृतिक कार्य अधिक दिनों तक नहीं चल सकता। और जब तक लिखावट का यह गलत ढंग इस देश में चलता रहेगा, तब तक देश की जनता अपने सेवकों और शासकों की बातों को सीधे नहीं समझ सकेगी। जो लोग जनभाषा की राह को रोकना चाहते हैं, उन्हें चाहिए कि वे केवल राजधानियों को ही देखकर नहीं रह जाएँ, बल्कि दक्षिण से उत्तर तक के पूरे ग्रामीण भारत का भी निरीक्षण कर लें। हिन्दी इस देश की जनशक्ति का प्रतीक बनती जा रही है। और जनजागरण की बढ़ती के साथ जनभाषा की

उन्नति निश्चित रूप से बँधी होती है। एक दिन ऐसा भी आने वाला है जब कि जनता अपनी किस्मत का मसविदा अपनी ही बोली में लिखना आरम्भ कर देगी। जिस देश में राष्ट्रभाषा के जो भी प्रचारक जिस अवस्था में, जहाँ भी, हिन्दी का कोई काम कर रहे हैं, वे इसी जनता की फौज के सिपाही हैं। इन प्रचारकों का आत्मत्याग एकता के उस बड़े महल की नींव है, जिसमें सारा भारतवर्ष सुख से निवास करनेवाला है। इन प्रचारकों का पसीना उस मकान में गारे का काम दे रहा है, जिसमें हमारी सारी सन्ततियाँ एक-दूसरे से गले मिलकर विहार करेंगी।

राष्ट्रभाषा का प्रेम मात्र भावना पर ही अवलंबित नहीं है। गांधी जी केवल भावना से हिलनेवाले जीव नहीं थे, और न केवल भावना-शमन के लिए उन्होंने हिन्दी-प्रचार को अपने कार्यक्रम में इतना ऊँचा स्थान दिया था। असली बात यह है कि जब तक हुकूमत का फरमान लिखनेवाली कलम अंग्रेजी पर ही रीझे हुए भूरे साहबों के हाथ में रहेगी, तब तक जनता को भी अपना पूरा हक हासिल नहीं होगा। जनता और सरकार के बीच जो दीवारें खड़ी हैं, उनमें से एक बड़ी दीवार अंग्रेजी का सहारा लिये हुए है। जब तक यह दीवार नहीं टूटती और देश के शासक जनता की बोली अर्थात राष्ट्रभाषा या प्रान्तीय भाषाओं में सोचना, लिखना और बात करना शुरू नहीं कर देते, तब तक हम प्रजासत्ता को वह सजीव रूप नहीं दे सकेंगे, जिसमें जनता की प्रत्येक इच्छा सरकार के हृदय में धड़कन देती है और सरकार की प्रत्येक कठिनाई जनता की शिराओं में ध्वनित होती है। देश की जनभाषा के विरुद्ध चलने वाला षडयन्त्र असल में जनता के ही विरुद्ध षड्यन्त्र है। शासन-यन्त्र के चालकों ने जनभाषा के विरुद्ध उदासीनता की जो नीति अपनाई है, उसका मुख्य कारण यह नहीं है कि जनभाषा में राज-काज का काम शुरू कर देने से यह देश डूब जाएगा, बल्कि यह कि अंग्रेजी के हटाने से शासन के केन्द्रों में वे लोग कमजोर पड़ जाएँगे, जिनकी वर्तमान सुखपूर्ण स्थिति अंग्रेजी के ज्ञान पर निर्भर करती है।

दुर्भाग्यवश जहाँ-तहाँ से अब यह आवाज भी आने लगी है कि उत्तर भारत से जो हिन्दी आ रही है, वह प्रान्तीय है, अतएव शेष भारतवर्ष में

उसकी जगह पर राष्ट्रीय हिन्दी का प्रचार किया जाना चाहिए। मैं स्वयं नहीं चाहता कि उत्तर भारत के लोग देश की राष्ट्रभाषा का अभिभावकत्व करें; राष्ट्रभाषा का अभिभावक तो अब सारा भारतवर्ष है और भारतवर्ष अगर किसी खास तरह की हिन्दी की जरूरत महसूस करता है और अगर वह हिन्दी सचमुच तैयार की जा सकती है, तो वह जरूर तैयार की जाए। हम उत्तरवासी लोग उसे अपनी राष्ट्रभाषा के रूप में सहर्ष स्वीकार कर लेंगे। मगर जो लोग प्रान्तीय तथा राष्ट्रीय हिन्दी का नया प्रश्न लेकर उठे हैं, उनकी सेवा में मैं बड़े ही अदब के साथ यह निवेदन करना चाहता हूँ कि आप जो बात कर रहे हैं, उसका अभी अस्तित्व नहीं है। हिन्दी जहाँ-जहाँ गई है, वहाँ-वहाँ उसने अपने लिए कुछ लेखक भी उत्पन्न कर लिये हैं और उत्तर से लेकर दक्षिण तक ये लेखक आज जिस हिन्दी में अपने निबन्ध या ग्रन्थ लिख रहे हैं, भाषा और व्याकरण की दृष्टि से वह हिन्दी एक और अविभाज्य है। अभी वह स्थिति नहीं है कि हम रेखा खींचकर एक तरह की हिन्दी को दूसरी तरह की हिन्दी से अलग कर सकें।

किन्तु इसका यह अर्थ नहीं है कि हिन्दी अन्य भाषाओं से प्रभावित नहीं होगी। ज्यों-ज्यों वह अन्य प्रान्तीय भाषाओं की शक्तियों के सम्पर्क में आती जाएगी, उसकी आत्मा और शरीर पर इन शक्तियों का प्रभाव पड़ता जाएगा और वह तदनुसार कुछ-कुछ रूपान्तरित भी होती जाएगी। किन्तु रूपांतरण की इस प्रक्रिया को हम हर कदम पर देख सकेंगे या नहीं, यह बताना आसान नहीं है।

हिन्दी बहुत दिनों तक केवल दिल्ली और आगरे के आस-पास महदूद थी। जब मुगल-साम्राज्य का पतन होने लगा और देश की बची-खुची सिद्धियाँ पूरब की ओर भागने लगीं, तब उन्हीं के साथ गुजराती, मारवाड़ी और खत्री व्यापारियों तथा रोजी खोजनेवाले दूसरे लोगों की जीभ पर बैठकर वह पूर्वी भारत की ओर चल पड़ी। पीछे जब अंग्रेजों की सल्तनत कलकत्ते में आरम्भ हुई, तब दिल्ली की जगह कलकत्ता ही देश का केन्द्र हो गया और इस प्रकार जो भाषा पहले पश्चिम में सीमित थी, उसका प्रसार पूरब की ओर और जोर से बढ़ने लगा। इस फैलाव में हिन्दी ने ब्रजभाषा, अवधी,

बैसवारी, बुंदेलखंडी, भोजपुरी और मैथिली के क्षेत्रों में प्रवेश किया और उन सबके साथ पच-खपकर उसने अपना एक ऐसा स्वरूप तैयार कर लिया कि उसे स्वीकार करते समय पूरब के वासियों को कभी यह बात सूझी भी नहीं कि वे किसी दूसरी भाषा को स्वीकार कर रहे हैं और मजे की बात तो यह है कि हिन्दी के इस रूपांतरण की प्रक्रिया इतनी स्वाभाविक और महीन रही कि कभी हमें यह भी पता नहीं चला कि भाषा के क्षेत्र में कोई नवीन घटना घटित हो रही है।

आज हालत इतनी नाजुक बना दी गई है कि अगर उत्तर भारत का कोई विवेचक हिन्दी के सम्बन्ध में कुछ कहना चाहे तो हम पहले से ही कुछ चौंक उठते हैं। किन्तु यह जोखिम उठाकर भी राष्ट्र की जानकारी के लिए इस बात को दुहराने की आवश्यकता है कि जनभाषा की धारा को जबर्दस्ती मोड़ने का प्रयास अच्छा नहीं है। हिन्दी काफी ठोक-बजाकर स्वीकार की गई है और देश के पंडितों ने यह भली भाँति परख लिया है कि इस भाषा में केवल फैलने की ही शक्ति नहीं, प्रत्युत वह अन्य भाषाओं से प्रभाव ग्रहण करके बड़े ही स्वाभाविक ढंग से रूपांतरित भी हो सकती है। मेरे विचार से उचित मार्ग यही होगा कि हम नागरी लिपि में लिखी जानेवाली सब प्रकार की हिन्दी को निर्बन्ध होकर देश में प्रसार पाने दें। हिन्दी जीवित और शक्तिशालिनी भाषा है। देश के विभिन्न भाषा-भाषियों के बीच घूमकर वह अपना राष्ट्रीय रूप स्वयं तैयार कर लेगी और इस सहज समागम से उसका जो रूप निखरेगा, वही हमारी राष्ट्रीय एकता का सच्चा दर्पण होगा। भाषा का विकास खेतों-खलिहानों, बाजारों और कवियों एवं वक्ताओं की वाणी में होता है। कानूनों और प्रस्तावों, यहाँ तक कि पुस्तकालयों में बैठकर रचे गए कोशों से भी भाषा की असली ताकत नहीं बढ़ती। जनता के बीच, भाषा को फेंक दीजिए। वहाँ एक अच्छा स्वरूप वह स्वयं पकड़ लेगी। और कोई भी दस या बीस आदमी किस बिरते पर यह दावा करते हैं कि भाषा का जो रूप वे निश्चित कर देंगे, उसे सारे देश की जनता खुशी-खुशी कबूल कर लेगी? समस्या इतनी आसान नहीं है; क्योंकि भाषा के जिस रूप को शेष भारतवर्ष आसानी से ग्रहण कर लेगा, उस रूप को अपनाने में कश्मीर और

पंजाब तथा देश के काफी ऐसे लोगों को कठिनाई होगी जो फारसी और अरबी शब्दों से अधिक परिचय रखते हैं। इस स्थिति से जो निष्कर्ष निकलता है, उससे इस दलील की ताकत बढ़ती है कि राष्ट्रभाषा का स्वरूप, जहाँ तक सम्भव हो, आसान रखा जाए और जिस तरह हम जनता के विभिन्न अंगों को आपस में एक करना चाहते हैं, उसी प्रकार जनता की भाषा में भी हम किसी भी शब्द को अस्पृश्य न समझें। और यह उपदेश केवल उन्हीं के लिए नहीं है जो चिकने, गोल-मटोल और सुकोमल देशज अथवा तद्भव शब्दों पर संस्कृत के भारी-भारी तत्सम शब्दों को तरजीह देते हैं, बल्कि उनके लिए भी, जो यह भ्रम फैला रहे हैं कि संस्कृत के सभी शब्द भारी ही होते हैं अथवा यह कि गाँवों की जनता में उनका चलन ही नहीं है। यह फिर गाँव की जनता के ज्ञान पर अनुचित अविश्वास है। अगर उन्हें अपने भ्रम के निवारण का और कोई उपाय नहीं मिलता, तो वे कम-से-कम यह देखने की तो कोशिश करें कि हिन्दी के जो उतने अखबार गाँवों में पहुँच रहे हैं, उन्हें पढ़ने और समझने के लिए गाँव वालों को कोशों की जरूरत पड़ती है या नहीं।

राष्ट्रभाषा के स्नातक-स्नातिकाओ! जिस प्रकार आपने अर्थकरी के स्थान पर परमार्थकरी विद्या अर्जित की है और जिस प्रकार आप आत्मसेवा से अधिक राष्ट्रसेवा का व्रत लेकर जीवन में प्रवेश करनेवाले हैं, उसी प्रकार आपके लिए एक और महान लक्ष्य है जिसकी ओर से मानवता का मुख फिरा जा रहा है और जिसकी उपेक्षा के कारण भी सारे संसार का भविष्य खतरे में जा पड़ा है। जब तक ज्ञान और भावना के दोनों पक्ष सन्तुलित और मजबूत थे, मानव-समाज आज की अपेक्षा कम सम्पन्न होने पर भी सुखी और सन्तुष्ट था। लड़ाइयाँ तब भी होती थीं, लेकिन उस समय कोई यह कल्पना नहीं कर सकता था कि बहके हुए मनुष्यों के पारस्परिक कलह से विश्व का सम्पूर्ण विनाश भी हो सकता है। किन्तु आज वह सम्भावना बड़ी ही प्रचंड हो उठी है और सारा संसार गत और अनागत युद्धों के आतंक से भरा हुआ है। भावना का अनादर करके मनुष्य पूरी शक्ति से ज्ञान की ओर चला था, लेकिन ज्ञान से अब जो ज्वाला उठी है, उसमें वह

आप ही जल रहा है। कसूर संसार के दो-चार आक्रमणकारियों का नहीं प्रत्युत् उस व्यापक दर्शन का है जिसने मनुष्य को इस बात की शिक्षा दी है कि जिन्दगी इसी दुनिया तक खत्म हो जाती है, इसलिए अगर तुम सबको दबाकर सुख से जीने की कला में पूर्णरूप से दक्ष हो तो तुम्हें और किसी का भय नहीं होना चाहिए।

इस शिक्षा का भयंकर परिणाम यह हुआ कि अब मनुष्य का सारा ध्यान शक्ति-संचय, सफलता और जीत पर चला गया है। आज वह जब अपने लक्ष्य की ओर चलता है, तब उसे यह देखने की जरूरत महसूस नहीं होती कि उसके जूतों के नाल किसकी छाती को मसल रहे हैं। जब तक मनुष्य के भीतर भावना का जोर था, वह अपने को सुखी और दूसरो को दुःखी देखकर लज्जित होता था और इसलिए न तो वह ऐसे आविष्कार में लगता था जिसका एकमात्र लक्ष्य मनुष्यों का अंधाधुंध विनाश हो और न वह साध्य के सामने साधन को ही गौण मानता था। सोचने की बात है कि जब पहले के वैज्ञानिक मनुष्य के आनन्द और सुविधा में वृद्धि लाने के लिए केवल ग्रामोफोन और टेलिग्राफ जैसी निर्दोष वस्तुओं का आविष्कार करते थे, तब आज के धुरंधर वैज्ञानिक घातक शस्त्रों के आविष्कार में क्यों लगे हुए हैं? क्या कारण है कि आज विद्या भी विनाश की बाँदी और यमराज की चेरी हो रही है? क्या कारण है कि आज के पंडितों में यह हिम्मत नहीं रही कि वे अनैतिकता के सामने मस्तक झुकाने से इनकार कर दें? क्या कारण है कि मनुष्य की बर्बादी को आसान बना देने वाले लोग भी मनुष्य ही समझे जा रहे हैं? इन सारे सवालों का एक ही जवाब है और वह यह कि मनुष्य की भावनावाली नाड़ी बहुत कमजोर पड़ गई है। उसके भीतर का सरोवर सूख गया है। उसके प्राणों में वह आर्द्रता नहीं रही जिससे हृदय में दया की दूब पनपा करती है। भावना की अतिशयता जिस प्रकार अंधविश्वास को उत्पन्न करती है, बुद्धि की अतिशयता ठीक उसी प्रकार मनुष्य को दानव बना देती है और आज हम जिस युग में जी रहे हैं, वह सचमुच ही बौद्धिक बर्बरता का युग है। जीवन के सारे मूल्य उलट-पुलट गए हैं और मनुष्य यह भूल गया है कि उसका धर्म केवल अपने-आपको ही जिलाना नहीं बल्कि

समस्त मानव समाज को जीवित रखने में सहायक होना है। आज का मनुष्य या तो दल के लिए है अथवा राष्ट्र के लिए; सम्पूर्ण मानवता पर से उसकी दृष्टि हट गई है, क्योंकि मानवतावाद की उपासना से उनके संकीर्ण स्वार्थ को धक्का पहुँच सकता है।

एक तरह से मनुष्य अब विद्या के उन सभी अंगों से बचना चाह रहा है, जिनका लक्ष्य आधिभौतिक सुखों में वृद्धि लाना तो नहीं है, किन्तु जिनसे मानवात्मा प्रसार और विस्तार पाती है तथा जिनके प्रचार से मनुष्य-मनुष्य के बीच की दूरी सिमटकर छोटी होती है। आदमी के दिल के भीतरवाली दुनिया में यह पतझर का मौसम बीत रहा है और इस पतझर से उसका पाताल-मन इतना डरा हुआ है कि मनुष्य कभी भी अन्तर्मुख होना नहीं चाहता। आज अगर आदमी को किसी एक चीज से सर्वाधिक विरक्ति है तो वह चीज एकान्त है। चूँकि मनुष्य का हृदय मूर्च्छित और मुमूर्ष हो रहा है, इसलिए वह एकान्त से भागने लगा है और उसकी सारी वृत्तियाँ बहिर्मुखी हो रही हैं क्योंकि बाहर के चाक-चिक्य में फँसा रहकर वह अपने-आपको भूल सकता है।

साहित्य और कला मनुष्य का ध्यान भीतर की ओर ले जानेवाली विद्याएँ हैं, जहाँ हमारे प्राणों का देवता निवास करता है और जो एकान्त में बुलाकार हमसे पूछना चाहता है कि आज दिनभर तूने क्या अर्जन किया है। मगर आदमी के पास इस एकान्तवाले देवता के प्रश्न का कोई उत्तर मौजूद नहीं है। इसलिए आदमी साहित्य और कला से भी भाग रहा है अथवा उन पर अपनी इस पसन्द का बोझ लादना चाहता है कि तुम भी बहिर्मुखी रहो, कि तुम भी रंगों की उस आतिशबाजी का चित्र बनाकर अपना काम खत्म कर दो जो आतिशबाजी विज्ञान के आविष्कारों से छूट रही है।

विज्ञान के रथ पर चढ़ा हुआ संसार भटककर किस रास्ते जा पड़ा है, इसका कुछ अन्दाज इस बात से लगाया जा सकता है कि विज्ञान के प्रेमी जैसे धर्म को अन्धविश्वास समझते हैं, वैसे ही अब वे काव्य को अर्द्धसभ्यों की वाणी कहने लगे हैं। सारे रेगिस्तान में दया-माया और रूहानियत की जो थोड़ी-बहुत हरियाली बची है, उसका एक छोटा नखलिस्तान भी उनकी

बर्दाश्त के बाहर है और वे सच्चे हृदय से दुखी हो रहे हैं कि इस बौद्धिक युग में भी मनुष्य उषा और सितारों की ओर देखता हुआ अपने कीमती वक्त को क्यों बर्बाद कर रहा है।

गांधी जी ने जब यांत्रिक सभ्यता के विरुद्ध आवाज उठाई थी, तब वे मनुष्य को इसी बौद्धिक बर्बरता से बचाना चाहते थे। असल में उनकी लड़ाई उस यांत्रिक मनुष्य के विरुद्ध थी, जो सजीव मनुष्य को निगल जाने की चेष्टा में लगा हुआ है। आप महात्मा गांधी की आध्यात्मिक सन्तान हैं; अतएव आपका कर्तव्य है कि जहाँ भी यांत्रिक मनुष्य सजीव मनुष्य को दबा रहा हो, वहाँ आप वीरता के साथ सजीव मनुष्य का पक्ष लेकर खड़े हों। साहित्य और कला सजीव मनुष्य की सेना के असली सिपाही हैं। इस गये-बीते जमाने में भी कुछ साहित्यकार और भावप्रवण लोग ही हैं जो सत्य का पक्ष लेकर चिल्ला रहे हैं; जो उस बर्बादी से दुनिया को आगाह कर रहे हैं, जिसकी ओर विज्ञान उसे घसीटे लिये जा रहा है।

विज्ञान की सारी खूबियों को मानते हुए भी मेरा विनम्र निवेदन है कि जीवन का सारा नेतृत्व विज्ञान के हाथ में सौंप देने की योजना मानवता के कल्याण की योजना नहीं हो सकती। मनुष्य के केवल दिमाग ही नहीं, एक दिल नाम की भी चीज होती है। मनुष्य प्रत्येक वस्तु को केवल उपयोग के लिए ही ग्रहण नहीं करता, बहुत-सी चीजें वह इसलिए भी इकट्ठी करता है कि उनसे उसे वह आनन्द मिल सके जो अन्य जीवधारियों की पहुँच से परे है। कला और विज्ञान, मनुष्य के लिए ये दोनों ही वस्तुएँ एक समान अनिवार्य हैं, क्योंकि विज्ञान के अभाव में जैसे हम अन्धविश्वासी और असभ्य बन जाते हैं, वैसे ही कलाविहीन होने पर हम सिर्फ विज्ञान के पुर्जे रह जाते हैं। दिल और दिमाग में से हम किसी की भी उपेक्षा नहीं कर सकते, क्योंकि जिन्दगी केवल सोचने का ही काम नहीं करती, वह भावों का अनुभव भी करती है जो चिन्तन की अपेक्षा अधिक चेतन होते हैं। यह भी समझने की बात है कि दिमाग से निकली हुई चीज पहले बेजान होती है; जिन्दगी का अहसास उसमें तभी पैदा होता है, जब दिल उसे कबूल कर ले। दिमाग जो सपने देखता है, उसे मुट्ठी से पकड़ने का उत्साह मनुष्य में तब

तक पैदा नहीं होता, जब तक उसका हृदय इस सपने पर रीझ न जाए। दिमाग मनुष्य के लिए सुख के साधन बटोर सकता है, मगर सन्तोष और शान्ति मनुष्य के हृदय से उत्पन्न होती है। तलवारों को ईजाद आदमी का दिमाग किया करता है, मगर वे तलवारें किस पर गिराई जाएँ और किस पर नहीं, इसका फैसला हमेशा दिल दिया करता है। लेकिन मनुष्यता के लिए यह घोर संकट की बात है कि आज आदमी के पास दिल नाम की चीज नहीं रह गई, उसकी सारी पूँजी उसका दिमाग हो गया है। और दिमाग से तलवार तो वह बहुत तीखी निकाल रहा है, लेकिन दिल की गैरहाजिरी में वह यह समझ ही नहीं पा रहा है कि यह तलवार कहाँ गिराई जानी चाहिए। परिणामतः वह इस तलवार से अपना ही गला काट रहा है। अगर विज्ञान का अर्थ यही आत्मदाह है, तो हम विज्ञान से दूर ही अच्छे थे। अगर कविता और कला अर्द्धसभ्यों की वाणी है, तो हम असभ्य ही ठीक थे। क्योंकि विज्ञानविहीन विश्व के कलाप्रेमी मनुष्यों में फिर भी दया-माया, प्रेम और सौहार्द तथा मैत्री एवं करुणा का अभाव नहीं था, जबकि हृदयहीन वैज्ञानिक हमारी दुनिया का सबसे बड़ा अभिशाप हो गया है।

जैसे ज्ञान का संशोधन और परिष्कार विज्ञान के प्रयोगों द्वारा होता है, उसी प्रकार मनुष्य के स्वभाव का परिष्कार कलाओं के द्वारा किया जाता है। केवल ज्ञान की उन्नति और परिष्कार को अपना ध्येय बना लेने के कारण मनुष्य की मानसिक शक्तियाँ बढ़ तो बहुत गई हैं, लेकिन कलाओं की उपेक्षा कर देने से हमें उनकी केवल दाहकता ही नसीब हो रही है। कलाहीनता मनुष्य को जड़ बना देती है और सचमुच ही आज का मनुष्य चारों ओर से अपनी ही जड़ता का शिकार हो रहा है। ऐसी अवस्था में यह आवश्यक हो जाता है कि मानव समाज में अब भी जो मुट्ठी भर चेतन व्यक्ति मौजूद हैं, वे जड़ता के इस भयंकर अभियान का मुकाबला करें। सच पूछिए तो भारत में जड़ और चेतन के बीच का यह संग्राम गांधी जी के साथ ही आरम्भ हो गया है और आज वह संसार के अनेक देशों में वीरता के साथ लड़ा जा रहा है। यांत्रिक और सजीव मनुष्यों के बीच का यह संग्राम राजनीति नहीं बल्कि संस्कृति का संग्राम है तथा उसकी विजय और

पराजय का प्रभाव भविष्य पर काफी दूर तक पड़नेवाला है। इसलिए आज तटस्थता नाम की कोई स्थिति नहीं रह गई है, क्योंकि जो मनुष्य इस भ्रम में है कि वह तटस्थ है, वह भी उन ताकतों को बढ़ावा दे रहा है जिन्हें वह गलत समझता है और जिनकी बढ़ती को वह अपने विरोध से किसी-न-किसी हद तक रोक सकता था।

सजीव और यांत्रिक मनुष्यों के बीच संसार में जो संघर्ष चल रहा है, मेरी एकान्त कामना है कि उसमें आप सजीव मानवता की कतार में खड़े हों और संसार को उस विनाश से बचाने में अपना पूरा अंशदान देने की कोशिश करें जो काले बादल की तरह हमारे मस्तक पर मंडरा रहा है।[1]

---

1. 31 अगस्त, 1952 को बम्बई प्रान्तीय राष्ट्रभाषा-सभा के छठे पदवीदान-समारोह के अवसर पर दिया गया भाषण।

वंदनीय बंगाल

पश्चिम बंग राष्ट्रभाषा प्रचार-समिति के वार्षिकोत्सव के अवसर पर मांगलिक वचन कहने का सुयोग देकर आपने मेरा जो सम्मान किया है, उसके लिए मैं हृदय से कृतज्ञ हूँ। किन्तु इस सुयोग का लाभ मैं क्या कहकर उठाऊँ, यह समझ में नहीं आता। मैं जिस भूमि पर खड़ा हूँ, वह कोई सामान्य भूमि नहीं है। यह वह भूमि है, जहाँ बहनेवाली ज्ञान की गंगा आज भी उज्ज्वल और विशाल है। यह वह भूमि है, जहाँ अभिनव भारत ने जन्म लिया था। यह वह भूमि है, जहाँ से उत्पन्न होकर राष्ट्रीयता की महावल्लरी सारे देश पर छाई है। यह वह भूमि है, जहाँ भारत की कला ने नव-जन्म प्राप्त किया, वाल्मीकि और कालिदास की कविता एक बार फिर से नवीन हो गई और जहाँ शंका की तमिस्रा और कोलाहल में भी धर्म ने अपनी सनातनता का नूतन प्रमाण दिया है। नवीन भारत में हम जो कुछ

देख रहे हैं, वह एक दिन इसी बंग-भूमि की कुक्षि से उत्पन्न हुआ था। बंगाल भारत का पूर्व-द्वार है और कोई आश्चर्य नहीं कि हमारे नवयुग के सूर्य का उदय बंगीय क्षितिज से हुआ। भारत के रोम-रोम पर बंग वसुंधरा का ऋण है। केवल कला, साहित्य, ज्ञान और विज्ञान ही नहीं, भारतवर्ष को स्वतन्त्रता का स्वप्न भी बंगाल के हाथों ही प्राप्त हुआ था और बड़ी बात तो यह रही कि बंगाल स्वप्नदान करके ही निश्चिन्त नहीं हुआ, प्रत्युत् उसे साकार बनाने के मार्ग पर देश ने जो अगणित बलिदान दिये, उनमें भी कोमल-से-कोमल, उज्ज्वल-से-उज्ज्वल एवं महार्घ-से-महार्घ बलिदान बराबर बंगजननी के अंचल से आते रहे। बंगीय मस्तिष्क की कथा भारतीय मस्तिष्क की कथा है, बंगीय हृदय के उद्‌गार भारतीय हृदय के उद्‌गार हैं और बंगीय वेदिका पर चढ़े हुए बलिदानों का इतिहास ही अभिनव भारत की वीरता और बलिदान का इतिहास है। ऐसी सुजला-सुफला-शस्य-श्यामला, ज्ञान-ध्यान-विज्ञान-भूषिता, काव्य-कला-छविराशि-मंडिता, महिमामयी, पुनीत, पंडिता, शक्तिदायिनी, भक्तिदायिनी, राष्ट्रचरण-अनुरक्ति-दायिनी, भुविविख्याता, दुग्धस्नाता, यशस्विनी जन-जन की माता बंग-भूमि को मैं श्रद्धा-समेत प्रणाम करता हूँ।

कहावत प्रसिद्ध है कि बंगाल के मस्तिष्क में जो बात आज आती है, शेष भारत के मस्तिष्क में वह कल आएगी। इस उक्ति में जो सच्चाई है, उसके प्रमाण बंगाल के मनीषियों ने अनेक क्षेत्रों में दिये थे; किन्तु एकता के क्षेत्र में उन्होंने जो दूरदर्शिता दिखलाई, वह सबसे अधिक प्रखर थी। एकता की समस्या भारत की सबसे भारी समस्या रही है। नवीन भारत के सामने भी जो सबसे बड़ी समस्या थी, वह निर्धनता, दुर्बलता, अशिक्षा और भीरुता की नहीं, प्रत्युत् हिन्दू-मुस्लिम ऐक्य की समस्या थी। किन्तु लज्जा के साथ हमें स्वीकार करना पड़ता है कि इस समस्या का सम्यक् समाधान निकालने में हम असफल हो गए और एक रहने का कोई उपाय नहीं देखकर अपने प्यारे देश को हमें बाँट लेना पड़ा। जिस गड्ढे में देश विभाजन के कारण गिरा है, उसकी आशंका बंगीय महापुरुषों को कदाचित् उन्नीसवीं सदी में ही हो चली थी; कदाचित् इसीलिए इन महापुरुषों ने देश

को बार-बार सावधान किया कि तुम्हारी एकता तुम्हारी विविधताओं में छिपी हुई है। इस एकता की अनुभूति तुम विविधताओं को तोड़कर नहीं, उनके भीतर सामंजस्य बिठाकर कर सकते हो। यह अत्यन्त अर्थपूर्ण बात थी कि राजा राममोहन राय भारतीय भाषाओं में से केवल संस्कृत ही नहीं, प्रत्युत अरबी और फारसी के भी उद्भट विद्वान थे। यह कोई आकस्मिक घटना नहीं थी कि परमहंस रामकृष्ण ने हिन्दुत्व के साथ इस्लाम और ईसाइयत की भी साधना की थी और जब स्वामी विवेकानन्द ने यह उद्घोष किया कि हमें सभी धर्मों के प्रति केवल सहिष्णुता ही नहीं सिखलानी है, वरन हृदय से उन्हें अपना ही धर्म समझना है, तब वे भी भारतवासियों को एक ऐसी चेतावनी दे रहे थे, जिसकी देश को अत्यन्त आवश्यकता थी। बात यहीं तक नहीं रुकी। भारत की भाग्यलक्ष्मी देश के पूर्वी वातायन पर बैठकर भारत को भविष्य की राह दिखला रही थी—यहाँ तक कि भारत के प्राचीन और नवीन संस्कारों ने अपनी सारी शक्ति लगाकर जिस महाकवि को उत्पन्न किया, उसके मुख से भी एकता का वही महामन्त्र फूटा, जिसका संकेत राममोहन राय, परमहंस रामकृष्ण और स्वामी विवेकानन्द ने दिया था।

हे मोर चित्त, पुण्य तीर्थे जागो रे धीरे
एइ भारतेर महामानवेर सागर-तीरे।
हेथाय आर्य, हेथाय अनार्य, हेथाय द्रविड़-चीन,
शक-हूण-दल, पाठान-मोगल एक देहे होलो लीन।

भारतीय एकता की समस्या, केवल हिन्दू-मुस्लिम एकता की ही समस्या नहीं है; वह आर्य और द्रविड़ समस्या का भी रूप ले रही है और यदि हमने असावधानी दिखलाई, तो वह उन सभी जातियों की समस्या बन सकती है, जिनके मिश्रण से भारतीय महाजाति की रचना हुई है। भारतीय जनता न तो शुद्धतः आर्य है, न शुद्धतः द्रविड़, न तो शुद्धतः औष्ट्रिक है, न शुद्धतः मंगोल, प्रत्युत वह इनके और ऐसी ही अनेक उपकरणों के योग से बनी हुई है। कई हजार वर्षों तक एक रहने पर भी हममें भेद-प्रभेद

मौजूद हैं और बुद्धिमानी इस बात में है कि हम इन भेदों और प्रभेदों का दलन नहीं करके उनके बीच सामंजस्य बनाए रखें। सामंजस्य का सूत्र मौजूद है। आवश्यकता इस बात की है कि हम उसे ज्यादा न तानें, नहीं तो वह टूट जाएगा।

भारत की एकता अधिनायकवादी पद्धतियों अथवा जोर-जबर्दस्ती की राह से न तो बढ़ाई जा सकती है और न बचाई जा सकती है। उसके बचाए और बढ़ाए जाने के मार्ग तो वे ही हैं जिनकी ओर इंगित परमहंस रामकृष्ण ने किया है, स्वामी विवेकानन्द ने किया है, राष्ट्रगुरु रवीन्द्र और राष्ट्रपिता महात्मा गांधी ने किया है अथवा जिसकी ओर इंगित आज पं. जवाहरलाल नेहरू कर रहे हैं।

भारतवर्ष में धर्म अनेक हैं, भाषाएँ अनेक हैं, जातियाँ अगणित और क्षेत्रीय भेद अपरम्पार हैं। इसलिए उन देशों का अनुकरण हम नहीं कर सकते जहाँ के लोग एक ही नृवंश की सन्तान हैं, एक ही धर्म को मानते तथा एक ही भाषा का उपयोग करते हैं। सम्भव है, उन देशों में विविधताओं का दलन किया जा सके और सारी जनता एक भाषा अथवा एक संस्कृति के खूँटे से बाँधकर एक रखी जा सके, किन्तु अपने देश में तो विविधताओं को दुलराए बिना गुजारा नहीं है। सभी भाषाओं को एक समान आदर दिये बिना सहारा नहीं है और सभी धर्मों को एकवत् पूज्य माने बिना कोई उपाय नहीं है। सहिष्णुता, समझौता और सबके प्रति सबका आदरयुक्त भाव–ये ही वे उपाय हैं, जिनसे हमारी एकता टिक सकती है। भारते नास्ति, नास्त्येव, नास्त्येव गतिरन्यथा।

भारतीय एकता की राह प्रेम की राह है, मुहब्बत और समझौते की राह है, आदरपूर्वक एक-दूसरे को समझकर चलने की राह है और प्रत्येक क्षेत्र के व्यक्तित्व को अधिक-से-अधिक अक्षुण्ण रखते हुए राष्ट्र के महाव्यक्तित्व के पूजन और समाधान की राह है। रामकृष्ण, विवेकानन्द, रवीन्द्र और गांधी ने हमारे भाग्य की जो रेखा खींच दी है, उससे इधर या उधर जाकर हम देश की एकता को बचा नहीं सकेंगे। देश में महापुरुषों की संख्या अभी ही नगण्य हो रही है। कुछ ही वर्षों के बाद यह देश

अपेक्षाकृत दुर्बल हाथों में पड़नेवाला है। इसलिए भारत के नवयुवकों से मेरी अपील है कि ये जरा सावधान हो जाएँ। 'वाद' वे चाहें जो भी चलाएँ, किन्तु देश की एकता को कायम रखने की शपथ उन्हें अभी से लेनी चाहिए और यह शपथ वे रामकृष्ण, विवेकानन्द, रवीन्द्र और गांधी की भाषा में ही ले सकते हैं।

हिन्दू-मुस्लिम-समस्या के बाद भारत के सामने जो दूसरी बड़ी समस्या खड़ी हुई है, वह देश की भाषा-विषयक समस्या है और देश की एकता से उसका अत्यन्त गहरा सम्बन्ध है। अजब संयोग की बात है कि जैसे उन्नीसवीं सदी के बंगोत्पन्न भारतीय नेताओं ने देश को धार्मिक एवं जातीय एकता के विषय में सावधान किया, उसी प्रकार यह आवाज भी पहले-पहल बंगाल से ही उठी कि भारतीय राष्ट्रीयता की अभिवृद्धि के लिए अंग्रेजी के स्थान पर किसी भारतीय भाषा को प्रतिष्ठित करना नितान्त आवश्यक है और यह भाषा एकमात्र हिन्दी ही हो सकती है। उस समय हिन्दी प्रान्तों में यह अनुभूति नहीं जगी थी। भारतीय रिनासां या सांस्कृतिक जागरण का नेता बंगाल था, राष्ट्रीयता के अंकुर बंगाल में फूट रहे थे, अतएव यह बात भी सबसे पहले बंगालियों की ही समझ में आई कि अंग्रेजी को अपदस्थ करना है तो यह कार्य केवल हिन्दी के द्वारा सम्पन्न किया जा सकता है। देश में हिन्दी का आन्दोलन कैसे-कैसे बढ़ा, यह कथा काफी मनोरंजक है और उसकी मनोरंजकता इस कारण और भी बढ़ जाती है कि हिन्दी को राष्ट्रभाषा बनाने का प्रस्ताव उन महापुरुषों ने किया, जिनकी मातृभाषा हिन्दी नहीं होकर बंगला, गुजराती, मराठी या कोई और भाषा थी। गुजराती होते हुए भी महर्षि दयानन्द ने अपना 'सत्यार्थ प्रकाश' नामक युग-प्रवर्त्तक ग्रन्थ हिन्दी में लिखा और उससे भी पूर्व सन् 1829 ई. में राजा राममोहन राय की संरक्षकता में 'बंगाल हेराल्ड' नामक जो पत्र निकला था, उसमें संवाद अंग्रेजी, बंगला और फारसी के अतिरिक्त, नागरी में भी छपते थे। आज देश में कहीं-कहीं से यह सुझाव भी आ रहा है कि यदि अनेक लिपियों के स्थान में हम एक ही नागरी लिपि स्वीकार कर लें तब भी देश की भाषागत

कठिनाइयाँ बहुत कुछ दूर हो सकती हैं। किन्तु यह प्रयोग भी सबसे पहले बंगाल के ही एक दूरदर्शी सपूत श्री शारदाचरण मित्र ने किया था जिनके अस्तंगत 'देवनागर' पत्र को हम लोगों ने फिर से जीवित किया है और उसे द्वैमासिक रूप में संसदीय हिन्दी-परिषद् की ओर से दिल्ली से निकाल रहे हैं।

'शनिवारेर चिठि' के किसी पिछले अंक में श्री नगेन्द्र कुमार गुहराय का एक निबन्ध प्रकाशित हुआ है, जिससे इस बात पर यथेष्ट प्रकाश पड़ता है कि हिन्दी को राष्ट्रभाषा बनाने की दिशा में बंगाल के महापुरुषों ने कितना अधिक काम किया था। सन् 1874 ई. में केशवचन्द्र सेन ने अपने 'सुलभ समाचार' नामक पत्र में 'भारतवसियों में एकता लाने के उपाय' नामक विषय पर एक निबन्ध प्रकाशित किया था जिसमें उन्होंने कहा था : 'यदि एक भाषा हुए बिना भारत की एकता सम्भव नहीं, तो क्या उपाय है? उपाय यही है कि सारे भारत में एक भाषा का व्यवहार हो। अभी भारत में चालू जितनी भाषाएँ हैं, उनमें से हिन्दी सर्वत्र प्रचलित है। इस हिन्दी को ही अगर भारत की एक भाषा बनाया जाए तो यह काम शीघ्र और अनायास सम्पन्न हो।'

हिन्दी के एक अन्यतम हितैषी श्री भूदेव मुखोपाध्याय थे। अपने 'सामाजिक प्रबंध' नामक बंगला ग्रन्थ में उन्होंने लिखा था कि 'भारत के अधिकांश लोग हिन्दी में बातचीत कर सकते हैं। अतएव भारतीय सभा-समितियों में अंग्रेजी का व्यवहार नहीं करके हिन्दी में ही बातचीत करना ठीक है।' भूदेव बाबू ने बिहार की सरकारी कचहरियों में हिन्दी को स्थान दिलाने के काम में बहुत बड़ा योगदान दिया था। उन्होंने हिन्दी की सेवा इतने निश्छल भाव से की थी कि हम बिहारी आज भी उनका स्मरण अत्यन्त श्रद्धा के साथ करते हैं। बिहार के माध्यमिक स्कूलों की परीक्षा में प्रतिवर्ष हिन्दी में सर्वप्रथम होनेवाले छात्र को एक पदक दिया जाता है जिसका नाम 'भूदेव हिन्दी पदक' है। बंगाल-बिहार के बीच सद्भाव का सूचक यह पदक एक साल मुझे भी प्राप्त हुआ था। अतएव भूदेव बाबू का नाम, मेरे मन में, उत्साह जगानेवाला नाम है।

श्री राजनारायण बसु हिन्दू सांस्कृतिक जागरण के एक दूसरे प्रबल नेता हुए हैं। उन्होंने भी सन् 1880 ई. के लगभग 'महाहिन्दू-समिति' का जो घोषणा-पत्र 'वृद्ध हिन्दूर आशा' नामक अपने ग्रन्थ में प्रकाशित किया था, उसमें उन्होंने लिखा था कि 'भारतवर्ष के सभी स्थानों के सदस्यगण आपस में बोलचाल और पत्राचार में हिन्दी का व्यवहार करें, समिति के सदस्य सब प्रकार इसकी चेष्टा करेंगे। बंगाल या मद्रास आदि स्थानों के सदस्यों को, जहाँ की भाषा हिन्दी नहीं है, हिन्दी सीख लेनी चाहिए।'

स्मरण रहे कि बंगाल के मनीषियों ने ये प्रस्ताव इसलिए नहीं किए थे कि उस समय बंगला भाषा समृद्ध नहीं थी। ये बातें उन्नीसवीं सदी के चतुर्थ चरण की हैं और उस समय भी बंगला साहित्य इतना समृद्ध हो चुका था कि उसका मन्दिर-कलश अन्य भाषाओं के मन्दिर-कलशों से ऊपर चमक रहा था। बंगीय महापुरुषों की दृष्टि हिन्दी पर उसके साहित्यिक गुणों के कारण नहीं पड़ी थी, प्रत्युत् इस कारण कि हिन्दी समझनेवाले लोग देश में बहुत अधिक थे और इन नेताओं ने यह सोचा कि अंग्रेजी के स्थान पर हिन्दी को चलाने में देश को कम-से-कम कठिनाई होगी। कितने बड़े थे वे लोग जिनके हृदय में राष्ट्रीयता के इतने ऊँचे भाव थे, जो राष्ट्र-पुरुष के महाव्यक्तित्व की स्थापना करने के लिए अपने व्यक्तित्व को आप दबा लेते थे, जिन्होंने अपनी श्रेष्ठता का विस्मरण करके हिन्दी का वरण केवल इसलिए किया था कि इस भाषा को राष्ट्रभाषा बनाने का कार्य अपेक्षाकृत अल्प-श्रम-साध्य होगा।

जिन कारणों से स्वामी दयानन्द और बंगाल के सांस्कृतिक नेताओं ने अपना मत हिन्दी के पक्ष में दिया था, बहुत कुछ उन्हीं कारणों से प्रेरित होकर भारत की विधान-परिषद ने हिन्दी को देश की राजभाषा का पद प्रदान किया है। यह निर्णय बड़े महत्त्व का निर्णय है, क्योंकि इससे सारे संसार ने यह समझा है कि भारतवासियों के हृदय में राष्ट्रीयता के सच्चे भाव काम कर रहे हैं और उनकी भाषागत विविधताओं से भारत की राष्ट्रीय एकता में कोई विघ्न नहीं पड़नेवाला है। किन्तु ज्यों-ज्यों हम आगे

बढ़ते जाते हैं, त्यों-त्यों राष्ट्रभाषा-विषयक नाना कठिनाइयाँ हमारे सामने प्रकट होती जा रही हैं। अतएव हमारा धर्म है कि इन कठिनाइयों का निराकरण हम धैर्य, दूरदर्शिता, प्रेम और सौहार्द से करते चलें जिससे भाषाओं के बीच शंका और त्रास को स्थान न मिले और हमारी राष्ट्रीय एकता भी पूरी हो जाए।

राष्ट्रभाषा के सम्बन्ध में सबसे बड़ी कठिनाई यह है कि जबकि हिन्दी-भाषी क्षेत्रों की जनता पर अभी केवल दो भाषाएँ (हिन्दी और अंग्रेजी) सीखने की विवशता है, तब अहिन्दी-भाषी क्षेत्रों की जनता प्रायः तीन भाषाएँ–मातृभाषा, राष्ट्रभाषा और अंग्रेजी–सीखने की बाध्यता का सामना कर रही है। यह विचित्र स्थिति है जिसका निराकरण भी असम्भव दीखता है। इन दो प्रकार की जनताओं को समान कठिनाई में डालकर दोनों को एक स्थिति में बनाये रखने के निमित्त कहीं-कहीं से यह सुझाव आ रहा है कि सभी प्रान्तों में सभी भाषाओं की शिक्षा की व्यवस्था की जाए और प्रत्येक भारतवासी स्नातक के लिए यह अनिवार्य कर दिया जाए कि वह अपनी मातृभाषा के अतिरिक्त एक और भारतीय भाषा अवश्य सीखे। मेरा अनुमान है कि ऐसी व्यवस्था भारत में अनतिदूर भविष्य में होने ही वाली है और उससे देश की एकता में वृद्धि भी होगी। किन्तु दो कारणों से मैं ऐसे प्रस्ताव में संशोधन चाहूँगा। पहला कारण तो यह कि उत्तर की भाषाएँ परस्पर दूर नहीं हैं। यहाँ एक भाषा-क्षेत्र में दूसरी भाषा के जानकार यथेष्ट संख्या में विद्यमान हैं और इन भाषाओं के बीच विचारों का आदान-प्रदान भी मजे में चल रहा है। यदि एक अन्य भारतीय भाषा अनिवार्य करनी ही है तो प्राथमिकता दक्षिण भारत की भाषाओं को मिलनी चाहिए जिससे दक्षिणी भाषाओं के काफी जानकार उत्तर भारत के प्रत्येक भाषा-क्षेत्र में उत्पन्न हो जाएँ और भारत के इन दो अंचलों के बीच विचारों का आवागमन इस सघनता से होने लगे कि जो विंध्याचल महर्षि अगस्त्य के प्रत्यागमन की प्रतीक्षा में भूमिष्ठ होकर पड़ा हुआ है, उसे अपना मस्तक उठाने का अवसर ही न मिले। दूसरा कारण यह है कि एक भाषा-क्षेत्र में दूसरी भाषा का प्रचार इस भाव से किया जाना चाहिए कि इसके द्वारा हमें

देश की मानसिक एकता में वृद्धि करनी है, न कि इसलिए कि सभी क्षेत्रों की जनता को एक प्रकार की कठिनाई में डालकर हमें सम्भावित द्वेष के विष को शमित करना है। जहाँ सुविधाएँ नहीं हैं, वहाँ कठिनाइयों को बाँट लेना भी राष्ट्रीयता का ही कार्य है। किन्तु यह राष्ट्रीयता उच्च कोटि की नहीं होगी। ऊँची राष्ट्रीयता का भाव तो वही हो सकता है जिससे प्रेरित होकर एक क्षेत्र की जनता दूसरे क्षेत्र की जनता की सुविधाओं का ध्यान रखती हो। तीन भाषाएँ सीखने की कठिनाई ही हमारी सबसे बड़ी कठिनाई है, प्रत्युत हमारी अन्य सारी कठिनाइयाँ इसी कठिनाई से शक्ति प्राप्त कर रही हैं। किन्तु यह एक ऐसा कार्य है जिसमें हम हिन्दी-भाषी लोग आपकी कोई भी सहायता नहीं कर सकते। हम केवल इतना ही कर सकते हैं कि आपके सम्मुख हम अपने मस्तक को किंचित् नत रखें, क्योंकि भाषा के क्षेत्र में भारतीय एकता का जो महल तैयार हो रहा है, उसमें गारा-चूना ढोने से लेकर ईंट बैठाने तक का सारा कार्य आपके कंधों पर पड़ा है और हम छाया में खड़े विश्राम कर रहे हैं। हाँ, हम हिन्दीवाले यह आश्वासन आपको दे सकते हैं कि हिन्दी के राष्ट्रभाषा होने का कोई भी अनुचित लाभ हम नहीं उठाएँगे।

हमारी दूसरी कठिनाई यह है कि भारत की क्षेत्रीय भाषाएँ हिन्दी को इस दृष्टि से देखने लगी हैं, मानो हिन्दी के प्रचार से क्षेत्रीय भाषाओं के विकास में विघ्न पड़नेवाला हो! यह शंका कैसे उठी, यह समझ में नहीं आता। हिन्दी राजभाषा घोषित हुई है और उसका उपयोग भी केन्द्रीय शासन एवं अन्तःप्रान्तीय कार्यों तक ही सीमित रहेगा। यह समझना तो नितान्त भूल है कि अंग्रेजी आज जितने स्थान को दबाकर बैठी हुई है, वह सारा-का-सारा स्थान एक दिन हिन्दी को प्राप्त होनेवाला है। केवल अन्तःप्रान्तीय कार्य हम हिन्दी में करना चाहते हैं। बाकी सारे कार्य तो ऐसे ही हैं, जिन्हें प्रान्तीय भाषाओं में करना होगा। रह गई शिक्षा के माध्यम की बात। सो उस सम्बन्ध में भी स्थिति साफ हो चुकी है कि प्रान्तीय भाषाएँ शिक्षा का माध्यम बनाई जा सकती हैं, क्योंकि इसके बिना जनता में देश-भाषा-विषयक अनुराग जगाया नहीं जा सकता; हाँ,

उच्च न्यायालयों में देश भर में एक भाषा का उपयोग किया जा सके, इसके लिए यह अनिवार्य दीखता है कि प्रत्येक भाषाक्षेत्र में राष्ट्रभाषा की शिक्षा का भी सुदृढ़ प्रबन्ध रहे जिससे कलकत्ता के वकील पटना में और मद्रास के एडवोकेट इलाहाबाद में भी काम कर सकें। किन्तु यह कार्य भी प्रान्तीय जनता की सुविधा और प्रान्तीय नेताओं की सहमति से ही सम्पन्न किया जा सकता है। स्थिति यह है कि हिन्दी के आन्दोलन को भारत की सभी भाषाओं के आन्दोलन से सम्बद्ध कर देना चाहिए, जिससे सभी क्षेत्रों में अंग्रेजी की अधोगति और भारतीय भाषाओं की प्रगति का कार्य एक साथ चल सके। हिन्दी अपनी किसी भी बहन से शत्रुता नहीं कर सकती। भारतीय भाषाओं की एकमात्र बाधा तो अंग्रेजी है जो सबका भाग दबाकर निर्द्वंद्व बैठी हुई है। हिन्दी समेत सभी भाषा-बहनों का यह धर्म है कि वे अंग्रेजी को राज-सिंहासन से हटाकर देश के शासन को देश की जनता के सुपुर्द करें। हाँ, अंग्रेजी तब भी एक विश्वभाषा के रूप में हमारे यहाँ आदर पाती रहेगी, क्योंकि डेढ़ सौ वर्षों की प्रगाढ़ संगति के कारण वही हमारा एकमात्र सेतु है जिस पर चढ़कर हम समुद्र के आर-पार जा सकते हैं।

राष्ट्रभाषा-विषयक हमारी तीसरी कठिनाई वास्तविक की अपेक्षा काल्पनिक अधिक है और इसका प्रचार भी सौभाग्यवश अभी देश के एक ही अंचल अर्थात् पश्चिमी भारत में हुआ है। इस कठिनाई को सामने लानेवाले विद्वानों का कहना है कि जो हिन्दी हिन्दी-प्रान्तों में प्रचलित है, वह राष्ट्रभाषा नहीं हो सकती। राष्ट्रभाषा का पद तो उस हिन्दी को मिलेगा जो भारत की चौदह भाषाओं के योग से बनेगी। चूँकि यह सुझाव कुछ सुधी व्यक्तियों ने रखा है, इसलिए हमने बड़ी ही सहानुभूति से इसके मर्म को समझना चाहा। किन्तु दुर्भाग्य की बात है कि अभी तक इसका भेद हम पर नहीं खुला। प्रत्येक भाषा की शाखा-प्रशाखाएँ अनन्त होती हैं। जनता जो बोलती है, वह उसका औसत रूप होता है। जिस दिन हिन्दी राजभाषा चुनी गई, उस दिन ऐसा तो नहीं था कि हिन्दी का कोई अस्तित्व नहीं था और विधान-परिषद ने यह काम देश पर छोड़ दिया कि हिन्दी नाम से वह कोई

नई भाषा तैयार कर ले। ऐसा सोचना तो सुलझी हुई स्थिति को फिर से उलझन में डालना है, धोई-हुई गाय को फिर से पंक लगाना है। वस्तुस्थिति यह है कि विधान-परिषद के सामने हिन्दी का एक औसत रूप अवश्य विद्यमान था और परिषद ने उसे ही भारत की राजभाषा के लिए उपयुक्त ठहराया। हाँ, उसने यह प्रतिबन्ध अवश्य लगा दिया है कि राजभाषा का विकास इस प्रकार से किया जाए कि अन्य भाषाओं के साथ अधिक-से-अधिक एकता स्थापित करके वह भारत की सामासिक संस्कृति को ठीक-ठीक अभिव्यक्त कर सके।

किन्तु यह कार्य हम किस प्रकार करनेवाले हैं? क्या इसके लिए सभी भाषाओं की पंचायत बुलाई जाएगी और उससे यह निर्णय लिया जाएगा कि हिन्दी में किस भाषा के कितने शब्द और मुहावरे लिए या न लिए जाएँ? यदि ऐसा हुआ तो हिन्दी कृत्रिम भाषा हो जाएगी और तब सामासिक संस्कृति तो क्या, वह साधारण भावों को भी ठीक से अभिव्यक्त नहीं कर सकेगी। यदि सामासिक संस्कृति से तात्पर्य हिन्दू और मुस्लिम संस्कृतियों के मिश्रित रूप से हो, तो भी उसकी अभिव्यक्ति के लिये भाषा में कृत्रिमता लाने की आवश्यकता नहीं दीखती। कृत्रिमता कुरूपता का ही दूसरा नाम है और जो चीज कुरूप है, वह संस्कृतियों का वाहन नहीं बन सकती। मलिक मुहम्मद जायसी का 'पद्मावत ग्रन्थ' भारत की सामासिक संस्कृति का प्रोज्ज्वल प्रमाण है; किन्तु भाषा उसकी कृत्रिम नहीं है। शब्द उसमें प्रायः सब-के-सब तत्सम, तद्भव अथवा देशज ही हैं; किन्तु जायसी को उनके कारण सामासिक संस्कृति के आख्यान में कठिनाई नहीं हुई है। सामासिक संस्कृति के एक और महाकवि खानखाना अब्दुर्रहीम हुए हैं जिनके दोहों में तत्सम एवं तद्भव शब्दों की ही भरमार है; किन्तु जो कुछ उन्हें कहना था, उसे वे बड़े ही प्रभावोत्पादक ढंग से कह गए हैं। बंगला में रमाई पंडित के 'शून्यपुराण' से बढ़कर सामासिक संस्कृति का और ग्रन्थ कौन होगा? किन्तु 'शून्यपुराण' की भाषा तत्सम संवलित बंगला भाषा ही है। इजार, खुदा, मलना और नूर बीबी–ये शब्द तो उसमें प्रसंगवश ही आए हैं और सहजता के साथ भी। सच तो यह है कि सामासिक संस्कृति की

अभिव्यक्ति में भाषा का तत्सम-संवलित रूप बाधक नहीं होता, इस सत्य की भी सर्वाधिक पुष्टि बंगला भाषा और बंगला-साहित्य ही करता है; क्योंकि बंगला के मुस्लिम कवियों ने भी अपने भावों की अभिव्यक्ति के लिए बंगला भाषा के सहज-सुन्दर रूप का त्याग आवश्यक नहीं समझा। काजी नजरुल इस्लाम और कवि जसीम उद्दीन की कविताएँ इसका उज्ज्वल प्रमाण हैं।

परन्तु हिन्दी क्षेत्रों का दुर्भाग्य है कि वहाँ हिन्दी-उर्दू का विवाद अब तक भी शमित नहीं हो रहा है। और अब इसी विवाद को राष्ट्रीय हिन्दी एवं प्रान्तीय हिन्दी का विवाद बनाकर लोग, एक अन्य वातायन से, एकता के सरोवर में जहर फेंक रहे हैं। संविधान ने राष्ट्रभाषा के विकास की जो दिशा संकेतित की है, हिन्दी उस दिशा में चल रही है और विभिन्न क्षेत्रीय भाषाओं का जो स्वाभाविक प्रभाव उस पर पड़ना चाहिए, वह भी अनुकूल ढंग से पड़ता जा रहा है। बंगला की ढेर-की-ढेर पुस्तकों का अनुवाद हिन्दी में हुआ है और इन अनुवादों के साथ बहुत-से ऐसे मुहावरे और प्रयोग भी हिन्दी में आए हैं जो पहले अविद्यमान थे। कुछ बंगाली लेखक भी जोरदार हिन्दी लिख रहे हैं। उनकी शैली में ऐसी अनेक विलक्षणताएँ हैं जिनसे हिन्दी की शक्ति बढ़ती जा रही है। इसी प्रकार गुजराती, मराठी, तेलगू, तमिल, कन्नड़ और मलयालम–इन भाषा-क्षेत्रों में भी हिन्दी के लेखक उत्पन्न हो चुके हैं और उनकी रचनाओं के भीतर से अनेक भाषाओं के पुट हिन्दी में उतरते जा रहे हैं। यदि हिन्दी को सभी क्षेत्रीय भाषाओं से विलक्षणताएँ ग्रहण करके व्यापक राष्ट्रीय रूप लेना है, तो उसका सही मार्ग यही हो सकता है कि हिन्दी को सभी भाषाओं के लेखकों की लेखनी का प्रसाद मिले, सभी क्षेत्रों की प्रतिभाएँ हिन्दी में अपना बिम्ब फेंकें और सभी प्रान्तों की भावनात्मक भंगिमाएँ उसमें प्रवेश पाएँ। भाषा गढ़ी नहीं जाती, वह आप-से-आप जनमती और अपना विकास पाती है। हिन्दी का विकास उचित दिशा में हो रहा है। इस विकास में व्याघात डालना देश के आध्यात्मिक विकास में हस्तक्षेप करने के समान है। अतएव हम चाहते हैं कि लोग राष्ट्रीय एवं प्रान्तीय हिन्दी के माया-जाल को समेट लें। जिन्हें

शिक्षा-दीक्षा और संस्कार के कारण अरबी और फारसी के शब्द अधिक सूझते हैं, उन्हें उन शब्दों के मनमाने प्रयोग का पूरा अधिकार है। इसी प्रकार, जो लोग संस्कृत के पक्षपाती हैं, उन्हें भी खुलकर तत्सम शब्दों का प्रयोग करने की स्वतन्त्रता होनी चाहिए। किन्तु साथ ही भारतीय जनता का भी यह जन्मसिद्ध अधिकार है कि वह जिस शैली को पसन्द करे, उसे जी खोलकर अपना ले।

ये कुछ मोटी-मोटी बातें थीं जिन्हें मैंने देश के सूचनार्थ आपके सामने निवेदित कर दिया। किन्तु हमारी सबसे बड़ी कठिनाई तो यह है कि वर्ष-पर-वर्ष निकलते जा रहे हैं, लेकिन हिन्दी में भारत की राजभाषा के गौरव के अनुरूप ज्ञानमय साहित्य का विकास नहीं हो रहा है। यह कार्य है भी बहुत ही कठिन और विशाल। भारतीय भाषाओं में अब तक कविता, कहानी, आलोचना और उपन्यास की ही परम्परा प्रधान थी और यह साहित्य हिन्दी में भी बहुत ही उच्च कोटि का बन गया है। किन्तु शिल्प और विज्ञान, अर्थशास्त्र और भूगोल, राजनीति और सेना-शास्त्र तथा उद्योग और व्यवसाय-विषयक साहित्य जैसे अन्य भारतीय भाषाओं में अल्प मात्रा में हैं, वैसे ही वे हिन्दी में भी नाम मात्र को ही हैं। कठिनाई यह भी है कि इन सभी विषयों पर श्रेष्ठ साहित्य तैयार करने का काम यदि केवल हिन्दीवालों पर छोड़ दिया जाएगा, तो वह ठीक समय पर पूरा होगा या नहीं, इसमें सन्देह है। सारे देश ने मिलकर हिन्दी को अपनी राजभाषा घोषित किया है और यह उचित ही है कि राजभाषा के विविध अंगों को पुष्ट बनाने के काम में सारा देश राष्ट्र के साथ हो। भारत के सभी चोटी के विद्वान किसी एक भाषा-क्षेत्र में नहीं हैं, वे अनेक भाषा-क्षेत्रों में बिखरे हुए हैं। आवश्यक यह है कि हम अपने ज्ञान-पुंज विद्वानों के लिए सुविधाओं का प्रबन्ध करें और उन्हें सभी साधनों से युक्त करके राष्ट्रोद्धार के इस पुनीत कार्य में लगा दें जिससे कि जो कार्य आज इतना भयावह दीखता है, वह सरलता से सम्पन्न हो जाए और विभिन्न भाषा-भाषी विद्वानों की सेवाओं से समलंकृत होकर राष्ट्रभाषा, सचमुच ही, अपने नाम को सार्थक बना सके।

सज्जनो! चूँकि मैं बिहार से आ रहा हूँ, इसलिए एक और बात कहे बिना मैं अपना स्थान ग्रहण नहीं करूँगा। कितने दुर्भाग्य की बात है कि बिहार और बंगाल आज परस्पर ऐसा व्यवहार कर रहे हैं, जैसा व्यवहार दो शत्रु-राज्य ही कर सकते हैं। कलकत्ता में रहकर हिन्दी-प्रान्तों के लाखों लोग अपनी जीविका कमा रहे हैं। इसी प्रकार, हिन्दी-प्रान्तों में रहकर अपनी रोजी कमाने वाले बंगालियों की भी संख्या अपार है। बिहार में तो हमारे अनेकानेक वकील, बैरिस्टर, डॉक्टर, इंजीनियर, जज, मुंसिफ और मजिस्ट्रेट तथा अध्यापक और प्राध्यापक बंगाली हैं और उनके साथ उठते-बैठते, खाते-पीते हमें कभी भी यह भान नहीं होता कि वे कोई और, और हम कोई और हैं। फिर यह संघर्ष कहाँ से आ गया? क्या धरती के एक-दो छोटे चप्पे इतने महार्घ होते हैं कि उनके चलते दो प्रान्तों के अखबार उन्मत्त हो उठें और जनमत के नेता आँखें लाल-लाल करके बोलना आरम्भ कर दें? धरती के दो-एक चप्पे बंगाल में रहे या बिहार में, इससे होता-जाता क्या है? आखिर हम दोनों को तो एक ही देश में रहना है।

मेरा अनुरोध है कि हम भाषा, साहित्य और संस्कृति के कार्यकर्ता इन आन्दोलनों का प्रभाव अपने मन पर नहीं पड़ने दें। बंगाल और बिहार बहुत दिनों तक एक थे। किसी प्रकार की राष्ट्रीय आवश्यकता के आने पर वे फिर से एक हो सकते हैं। धरती का विभाजन तो वन, पर्वत, नदी, समुद्र सब के कारण सम्भव है। किन्तु इनके ऊपर प्रसरित होने वाला आकाश एक है। हम सांस्कृतिक कार्यकर्ता आकाश होकर उनसे भी एकाकार होते हैं जो निचले स्तर पर बँटे हुए हैं।

लेने दे जग को उसे, ताल पर जो कलहंस मचलता है,
तेरा मराल जल के दर्पण में नीचे-नीचे चलता है।
यह फूल कभी झर जाएगा, यह रंग कभी उड़ जाएँगे,
सौरभ है केवल सार उसे तू सबके लिए जुगाता चल।

अन्त में, मैं पश्चिम बंग राष्ट्रभाषा प्रचार-समिति के सभी कार्यकर्ताओं और सहयोगियों को धन्यवाद देता हूँ, जो बाधाओं की कुछ भी बिना

परवाह किए बराबर आगे बढ़ते जा रहे हैं। राष्ट्रभाषा के प्रचार में देश की दो संस्थाएँ बहुत उत्तम कार्य कर रही हैं। एक है–मद्रास की हिन्दी प्रचार सभा और दूसरी है–वर्धा की राष्ट्रभाषा प्रचार-समिति। गांधी जी हिन्दी सभा को अपनी बड़ी बेटी और वर्धा-समिति को छोटी बेटी कहा करते थे और सचमुच ही, बापू की इन दोनों बेटियों ने देश की एकता के लिए अत्यन्त महान प्रयास किया है और आज भी करती जा रही हैं। इन दोनों संस्थाओं के सिवा भी कई और संस्थाएँ हैं जो हिन्दी का काम पूरी तन्मयता से कर रही हैं। इन संस्थाओं के संचालकों में महामहोपाध्याय श्रीवामन पोतेदार जी, श्री नेने जी और श्री मगन भाई देसाई के नाम भारत के सभी हिन्दी-हितैषी जानते हैं। मेरा विचार है कि ऐसी प्रत्येक संस्था और प्रत्येक व्यक्ति को सरकार और जनता का पूरा सहयोग मिलना चाहिए जो देवनागरी लिपि में हिन्दी का प्रचार कर रहा है। अतएव मैं हिन्दी सभा, राष्ट्रभाषा प्रचार-समिति एवं बम्बई और गुजरात की अन्य हिन्दी-प्रचारक संस्थाओं में कोई भेद नहीं मानता। ये सभी संस्थाएँ देश की एकता के लिए कार्य कर रही हैं और वे समान रूप से हमारी श्रद्धा की पात्री हैं।

जिन स्नातकों को आज उपाधि-पत्र बाँटे गए हैं, मैं उनको भी बधाई और धन्यवाद देता हूँ। बधाई इसलिए कि हिन्दी की परीक्षा में वे उत्तीर्ण हुए हैं और धन्यवाद इसलिए कि हिन्दी सीखने का कष्ट उन्होंने इसलिए स्वीकार किया कि यह कार्य आज देश की एकता के लिए परमावश्यक हो रहा है। गांधी जी ने देश में जिन रचनात्मक कार्यों की परम्परा चलाई थी, वे आज भी चल रहे हैं और राष्ट्रभाषा-प्रचार का कार्य उनमें सबसे प्रमुख हो रहा है। जो भी अहिन्दी-भाषी बंधु हिन्दी सीखने का कष्ट उठाते हैं, वे एकता के महल में एक नई ईंट जोड़ रहे हैं; वे उस खाई को पाटने में योगदान दे रहे हैं जो भारत की एक भाषा और दूसरी भाषा के बीच खुदी हुई है।

राष्ट्रभाषा के स्नातको! आप भारत की एकता की सेना के सैनिक हैं। विभिन्न भाषा-क्षेत्रों को मिलानेवाली कड़ियाँ हैं। आप वह जमीन

तैयार कर रहे हैं जिस पर राष्ट्रीयता की लता प्रफुल्लित होकर लहराने वाली है। भगवान करें कि आपके जैसे देशभक्तों की संख्या भारत में दिनों-दिन बढ़ती जाए, जिससे कि एक दिन भाषा के बारह कक्षों पर झूलनेवाले परदे हमारी दृष्टि का अवरोध नहीं कर सकें। एक कक्ष की दुलहिन दूसरे कक्ष में आसानी से आ-जा सके और सारा भारतीय भाषा-परिवार पूरे सद्भाव और प्रेम के साथ फूलता-फलता रहे।

मिथ्या विवाद

आपस में अदावत कुछ भी नहीं, फिर भी इक अखाड़ा कायम है।

—अकबर

हिन्दी-प्रान्तों में यह जानकर लोगों के मन में हल्की-सी उदासी छा गई है कि देश में हिन्दी का विरोध हो रहा है। किन्तु ऐसा समझना ठीक नहीं है। देश की जनता में हिन्दी का विरोध नहीं है। असल में विरोध की जो आवाज हमें सुनाई पड़ती है, वह जनता की नहीं, राजनीति में लगे हुए व्यक्तियों की आवाज है और ये व्यक्ति भी हिन्दी का नहीं, बल्कि हिन्दीवालों का विरोध करना चाहते हैं। हिन्दी-भाषियों की संख्या बहुत विशाल है और चाहे जो भी उपाय किये जाएँ, लोकसभा के पाँच सौ सदस्यों में से दो-सवा दो सौ सदस्य बराबर हिन्दी-भाषी ही रहेंगे। हिन्दी को लेकर जहाँ-तहाँ जो बेचैनी दिखाई देती है, वह इस संख्याबल को कुंठित अथवा प्रभावहीन बनाकर रखने की

चिन्ता से निकली है। फिर भी, इस भय को मैं निरा काल्पनिक मानता हूँ, क्योंकि हिन्दी-भाषियों के बीच, चाहे जिस कारण से भी एकता हो, किन्तु इस एकता का कारण यह तो नहीं ही है कि हम सब एक ही भाषा बोलते हैं। और इसे मैं देश के लिए शुभ लक्षण मानता हूँ, क्योंकि संसद के हिन्दी-भाषी सदस्य अगर सिर्फ इस बात को लेकर आपस में एक हो जाएँ कि उनकी भाषा एक है, तो इससे अन्य भाषा-भाषी सदस्यों में भय संचरित होगा और वे अपनी क्षेत्रीय एकता पर बहुत अधिक जोर देने लगेंगे, जिससे भारत की राष्ट्रीय एकता को क्षति पहुँचेगी। अतिशयता प्रत्येक गुण को खींचकर दुर्गुण की सीमा पर ले जाती है। एकता की अतिशयता भी बुरी चीज है, क्योंकि इससे पड़ोसियों की शंका बढ़ती है। देश को आश्वस्त होना चाहिए कि हिन्दी प्रान्तों में क्षेत्रीय एकता का अतिशय नहीं है। बहुसंख्यक होने के कारण हिन्दी-भाषियों के बीच यह स्वाभाविक चेतना भी मौजूद है कि देश की एकता की रक्षा हर तरह से की जानी चाहिए और एकता के हित में वे केवल त्याग करने को ही नहीं, कुछ व्यंग्य और अपमान सहने को भी तैयार हैं।

इसी प्रकार, हिन्दी-प्रान्तों को भी यह जानकर धैर्य रखना चाहिए कि विविधताओं से भरे हुए इस विशाल देश में आश्चर्य की बात यह नहीं है कि जब-तब लोग एकता की कुसुमी जंजीर पर हल्की अधीरता प्रकट करते हैं, बल्कि यह कि वे सारे भारत के साथ एक रहना चाहते हैं और उससे भी अधिक यह कि वे हिन्दी को राष्ट्रभाषा के रूप में विकसित और प्रसारित करना चाहते हैं। पिछली बार जब राज्य-परिषद में हिन्दी पर बहस हुई, तब उसमें भाग लेने वालों में से बहुत अधिक संख्या उनकी थी जो अहिन्दी-भाषी सदस्य हैं। इन सदस्यों में से कइयों ने उस दिन, खास तौर से, हिन्दी में ही भाषण दिये और एक-एक कर सबने इस बात पर जोर दिया कि हिन्दी राष्ट्रभाषा हो। राष्ट्र का यह निर्णय बहुत अच्छा है और हमें इस निर्णय को अवश्य कार्यान्वित करना चाहिए। हाँ, प्रत्येक सदस्य ने उस अधीरता की भी थोड़ी-बहुत अभिव्यक्ति अवश्य की जो हिन्दी के राष्ट्रभाषा हो जाने से उत्पन्न स्थिति के विरुद्ध प्रत्येक क्षेत्र में महसूस की

जा रही है। हिन्दीवालों के विरुद्ध अहिन्दी-भाषियों की क्या शिकायत है, इसका ब्यौरेवार विवरण तो किसी ने भी नहीं दिया। हाँ, भाषणों के बीच, कहीं-कहीं, ये गोलमटोल बातें जरूर सुनाई देती रहीं कि हिन्दीवाले हिन्दी को कठिन बना रहे हैं कि हिन्दीवाले अंग्रेजी को हटाने के लिए बहुत आतुरता दिखा रहे हैं कि अंग्रेजी अभी इस देश में डेढ़ सौ साल तक और चलनी चाहिए। एक सज्जन ने यह भी कहा कि उर्दू को क्षेत्रीय पद दिलाने के लिए उर्दू के प्रेमियों को आन्दोलन का सहारा लेना पड़े, इससे तो यही जान पड़ता है कि हिन्दीवाले अनुदार हैं। काका साहेब कालेलकर का कहना था कि 'हिन्दीवाले संस्कृत की जरूरत से ज्यादा दुहाई देते हैं। किन्तु वस्तुस्थिति यह है कि संस्कृत आज दक्षिण में सुरक्षित है। उत्तर में तो विदेशी आक्रमणों के कारण भाषा खिचड़ी हो गई है।'

राष्ट्रभाषा और राष्ट्रीय एकता की दृष्टि से उस दिन सबसे मधुर भाषण दक्षिण भारत हिन्दी प्रचार-सभा के मन्त्री और दक्षिण में हिन्दी के प्राण श्री सत्यनारायण जी का रहा। उन्होंने कहा कि 'हिन्दी भारत के हृदय की वाणी है और हृदय का कार्य यह है कि शरीर की प्रत्येक शिरा में वह रक्त का संचार करे।' इस अलंकार के द्वारा उन्होंने जो तथ्य देश के सामने रखना चाहा, वह कदाचित यह था कि राष्ट्रभाषा का आन्दोलन यथेष्ट नहीं है। इस आन्दोलन के साथ-साथ क्षेत्रीय भाषाओं के उत्थान का भी आन्दोलन चलना चाहिए। किन्तु ऐसा दीखता है कि कुछ ऐसी भी बातें थीं जो राज्य-परिषद में कही जाने से रह गई थीं और जिन्हें श्री सत्यनारायण जी ने 'दक्षिण भारत' नामक अपने मासिक पत्र के जून, 1954 वाले अंक में प्रकाशित एक लेख के द्वारा देश के सामने रखा है। इस लेख में उन्होंने इस बात पर दुःख प्रकट किया है कि आज तक 'विधान के द्वारा निश्चित संघभाषा हिन्दी के विकास तथा उपयोग के लिए कोई भी उल्लेखनीय कार्यक्रम नहीं बना।' फिर उन्होंने यह बात कही है कि हिन्दी, उर्दू और हिन्दुस्तानी को लेकर पुराना विवाद फिर से उठाया जा रहा है, यह ठीक नहीं है। यह सारा विवाद फिर से इसलिए उठ खड़ा हो रहा है कि हिन्दी के अदम्य उत्साही लोगों के दिमाग में अभी स्थिति की

स्पष्टता नहीं है।' केन्द्रीय सरकार के द्वारा हिन्दी चलाए जाने की जो माँग हिन्दी-प्रान्तों की ओर से की जा रही है, उसे भी सत्यनारायण जी उचित नहीं समझते और लिखते हैं कि 'हिन्दी को संघभाषा बनाने की इस योजना में न तो प्रादेशिक भाषाओं के उपयोग के लिए कोई स्थान है, न उनकी उन्नति के सम्बन्ध में कोई विचार है। अगर जोर है तो हिन्दी को केन्द्र में आगे बढ़ाने के सम्बन्ध में ही। तब तो यही समझा जाएगा कि इसका अधिकांश कारण राष्ट्रीय भावना नहीं, बल्कि क्षेत्रीय भावना और क्षेत्रीय बल है और स्थानीय बल से ही ऐसा कार्य कराने का प्रयत्न किया जा रहा है। यह हिन्दी के प्रति दुर्दम्य उत्साह का एक प्रमाण-मात्र ही समझा जा सकता है।' और हिन्दी के प्रति हिन्दीवालों के इस दुर्दम्य उत्साह का क्या परिणाम होगा, इसकी कल्पना करते हुए वे लिखते हैं कि 'वास्तविक कार्य-योजना बने बिना इस उत्साह से लाभ होना तो दूर रहा, बल्कि नुकसान ही होगा। इसलिए सभी देशभाषाओं को अपने-अपने स्थान पर बढ़ाने का प्रयत्न किए बिना अगर हमारा सारा उत्साह हिन्दी को संघभाषा के स्थान पर बैठाने में ही लग गया, तो सम्भव है कि क्षेत्रीय भाषा हिन्दी तथा अन्य क्षेत्रीय भाषाओं के बीच एक बार फिर से संघर्ष पैदा हो जाए। इससे देश का बड़ा नुकसान होगा और राष्ट्रीयता की रक्षा के लिए हम अपनी केन्द्रीकृत शक्ति को भाषा के क्षेत्र में काम में लाएँगे, तो हमारी राष्ट्रीयता ही खतरे में पड़ जाएगी।' आगे सत्यनारायण जी ने हिन्दी-उर्दू-विवाद की भी चर्चा की है और कहा है कि 'जब कोई भी प्रादेशिक भाषा उर्दू शब्दों को चुनकर फेंक देने का आन्दोलन नहीं कर रही है, तब सिर्फ हिन्दी में ही यह आन्दोलन क्यों हो?' एक बात उन्होंने यह भी कही है कि 'परिस्थितियों के प्रभाव के कारण, हिन्दी से अपरिचित होकर सेवा में लगे हुए सरकारी मुलाजिमों को काफी सुविधाएँ देकर जब तक हिन्दी सिखाई न जाएगी और हिन्दी के स्वरूप तथा साहित्य के सम्बन्ध में उदारतापूर्ण मनोवृत्ति दिखाई न जाएगी, तब तक हिन्दी के प्रचार की गति में तेजी लाने में कठिनाई पैदा हो जाएगी।' सत्यनारायण जी का यह भी मत है कि संघभाषा हिन्दी के विकास और प्रचार का कार्य जो शिक्षा मन्त्रालय को

सौंपा गया है, वह उचित नहीं है। इस कार्य को पूरा करने के लिए वे 'भारतीय भाषा आयोग' की नियुक्ति चाहते हैं।

यह स्पष्ट है कि हिन्दी-प्रचार का कार्य, मुख्यतः अहिन्दी प्रान्तों में चलनेवाला कार्य है और इस कार्य में प्रधानता उन्हीं लोगों के मतों को दी जानी चाहिए जो अहिन्दी प्रान्तों में हिन्दी का प्रचार कर रहे हैं और जिन्हें इस बात का स्पष्ट ज्ञान है कि हिन्दी की राह में कहाँ, क्या कठिनाइयाँ हैं। विशेषतः श्री सत्यनारायण जी जैसे लोग, जो आजीवन हिन्दी-प्रचार के द्वारा भारत की राष्ट्रीय एकता की सेवा करते रहे हैं, इस बात के अधिकारी हैं कि उनके विचारों को समझने की हम चेष्टा करें और जहाँ उनके विचारों में कोई दोष दीखे, हम उसकी ओर उनका ध्यान आकृष्ट करें। राष्ट्रभाषा के सम्बन्ध में जो नये प्रश्न उठ रहे हैं, उनकी परीक्षा भी इसी दृष्टिकोण से की जानी चाहिए और इसी भाव से हिन्दी-विषयक इन नई समस्याओं का ब्यौरा मैं देश के सामने उपस्थित करता हूँ।

हिन्दी राष्ट्रभाषा कैसे बनेगी और उसका उपयोग किन व्यापारों के लिए किया जाएगा, इस सम्बन्ध में श्री सत्यनारायण जी की दृष्टि बहुत साफ है। उन्होंने लिखा है कि (संविधान का) 'उद्देश्य यह था कि इन 15 वर्षों में हिन्दी पहले अपने निजी राज्यों में शक्तिशाली बनेगी और अंग्रेजी का स्थान प्राप्त करेगी। साथ ही, दूसरी भाषाएँ भी अंग्रेजी को हटाकर अपने-अपने राज्य में अंग्रेजी का स्थान प्राप्त कर लेंगी। उसके बाद से, सहज रूप से, राजनीतिक, संसदीय तथा शासकीय प्रयोजनों के लिए वह केन्द्र में और अन्तरराज्यों के कार्य-कलाप में व्यवहार का माध्यम बनेगी।' मेरा खयाल है, सत्यनारायण जी की जो कल्पना है, वही कल्पना हम सबकी भी है। प्रत्युत कांग्रेस की कार्यकारिणी समिति ने जो निर्णय किया है, उसमें भी इस कल्पना का विरोध नहीं है। गुजरात विश्वविद्यालय ने गत वर्ष यह निश्चय किया था कि शिक्षा का माध्यम हिन्दी और गुजराती अथवा हिन्दी या गुजराती होगी। इस वर्ष उसने संशोधन करके यह निर्णय कर लिया कि शिक्षा का माध्यम गुजराती होगी। किन्तु हम इस निर्णय को संविधान के प्रतिकूल नहीं मानते। देश की जनता को पूरी स्वतन्त्रता है कि वह चाहे तो

अपनी क्षेत्रीय भाषा को शिक्षा का माध्यम बना सकती है। राष्ट्रभाषा का किसी भी क्षेत्रीय भाषा से विरोध नहीं है। सच तो यह है कि राष्ट्रभाषा और क्षेत्रीय भाषाओं का समान शत्रु आज केवल अंग्रेजी बनी हुई है, जिसे हटाने के लिए सभी भारतीय भाषाओं को मिलकर यत्न करना चाहिए। दुःख की बात है कि आज यह प्रयत्न केवल हिन्दी भाषा की ओर से किया जा रहा है। अन्य भाषाओं के लोग प्रायः अभी भी इस शंका में पड़े हुए हैं कि अंग्रेजी को निकालना ठीक होगा या नहीं। अगर सभी भाषाएँ अंग्रेजी को हटाने का उद्यम आरम्भ कर दें तो अन्य अपरिमित लाभों के साथ, उससे एक लाभ यह भी होगा कि नये शब्दों की खोज और निर्माण का जो काम आज हिन्दी में चल रहा है (अथवा जिसे तमिल और तेलगू के पक्ष में श्री सत्यनारायण जी करवा रहे हैं), वह काम अन्य भाषाओं में भी चलने लगे और अनेक क्षेत्रों के प्रयोगों में से समान शब्द चुन लेने का काम आसान हो जाए।

'हिन्दी के अदम्य उत्साही लोगों के दिमाग में स्थिति की स्पष्टता' नहीं हो, यह बात नहीं है। हम जानते हैं कि अंग्रेजी अपनी सारी जगह केवल हिन्दी के लिए खाली नहीं करेगी। बहुत सारी तो ऐसी ही जगहें हैं जहाँ प्रत्येक क्षेत्र की मातृभाषा बैठेगी।

'प्रान्तों के कार्य मातृभाषा में और सार्वदेशिक कार्य हिन्दी में'–यह नारा बहुत ही स्पष्ट है और इससे किसी भी भाषा को आशंकित नहीं होना चाहिए। हम यह भी जानते हैं कि केवल लखनऊ और नागपुर की पसन्द पर राष्ट्रभाषा का रूप नहीं गढ़ा जाएगा। राष्ट्रभाषा को राष्ट्रीय रूप देने के लिए प्रत्येक क्षेत्र की भाषा में नये शब्द खोजे या तैयार किए जाने चाहिए। पहले तो इन शब्दों की जरूरत इसलिए होगी कि प्रत्येक क्षेत्रीय भाषा को अपने-अपने क्षेत्र में अंग्रेजी का स्थान लेना है और इसके लिए उस भाषा में नये शब्द आने ही चाहिए। डॉ. रघुवीर के बनाए हुए शब्दकोश देश के सामने हैं। अगर ये शब्द हमें पसन्द नहीं हों तो उनके बदले अन्य शब्दों का निर्माण किया जा सकता है। अगर डॉ. रघुवीर के समान कुछ और विद्वान प्रत्येक भाषा से निकल आवें और नये शब्दों का अपार कोश देश

के सामने उपलब्ध कर दें तो इससे क्षेत्रीय भाषाओं के साथ राष्ट्रभाषा का भी उपकार होगा।

अगर सत्यनारायण जी ने यह समझा है कि हिन्दी वाले केवल संघ में हिन्दी को बिठाकर निश्चिन्त हो जाना चाहते हैं, तो उन्होंने हमें गलत समझा है; हम तो चाहते हैं कि जो काम अपने भू-भाग में हिन्दी कर रही है, वही काम अपने-अपने क्षेत्रों में क्षेत्रीय भाषाओं को भी करना चाहिए। किन्तु यह काम ऐसा है जिसका आरम्भ प्रत्येक भाषा-क्षेत्र के भीतर से होना है। हाँ, हिन्दीवालों को सेवा की कोई आवश्यकता हो तो हम यह सेवा अर्पित करने को तैयार हैं। सच पूछिए तो हिन्दीवाले और अहिन्दीवाले का भेद ही गलत है। राष्ट्र की जनता और राष्ट्र की सभी भाषाओं को एकसाथ आगे बढ़ना है एवं इस कार्य में देश भर की जिम्मेदारी एक है।

राष्ट्रभाषा और क्षेत्रीय भाषाओं का परस्पर क्या सम्बन्ध होगा, इस विषय में चाहे जिसे भी भ्रम हो, टंडन जी को कोई भ्रम नहीं है। अभी-अभी भावनगर (सौराष्ट्र) में होनेवाले राष्ट्रभाषा प्रचार-सम्मेलन के अवसर पर श्री जेठालाल जोशी को उन्होंने जो पत्र लिखा है, उससे टंडन जी का विचार बिलकुल स्पष्ट हो जाता है। इस प्रसंग में उन्होंने जो कुछ लिखा है, वह अविकल रूप में नीचे उद्धृत किया जाता है :

2, टेलिग्राफ लेन
नई दिल्ली-1
20 मई, 1954

प्रिय जेठालाल जी,

नमस्कार।

भिन्न-भिन्न प्रदेशों में साधारणतः और स्वभावतः शिक्षा तथा व्यापार और न्यायालयों का माध्यम प्रदेशीय भाषाएँ रहेंगी। परन्तु राष्ट्रीय दृष्टि से मेरा यह भी विचार है कि उच्च शिक्षा का माध्यम और न्यायालयों का माध्यम देश भर में हिन्दी हो तो इससे राष्ट्र की दृढ़ता बढ़ेगी, तथापि यह विषय

प्रदेशीय विद्वानों और राजनीतिज्ञों के विचार करने का है। उनका ही निर्णय मुख्य है और आदरणीय है। अनुभवों से, भविष्य में यदि भाषा-सम्बन्धी कोई कठिनता उपस्थित होगी तो राष्ट्र और प्रदेश, दोनों के हित की दृष्टि से उसको सुलझाना होगा।

सस्नेह

—पुरुषोत्तमदास टंडन

क्या यह स्पष्टीकरण 'दिमाग में अभी स्थिति की स्पष्टता नहीं' होने का प्रमाण है? अगर यह भाषा अस्पष्ट हो तो बात किस भाषा में कही जाए, जिससे लोगों को यह विश्वास हो सके कि हिन्दीवाले किसी भी भाषा का अधिकार अपहरण नहीं करनेवाले हैं? हम मानते हैं कि तब भी शोभा इसी में थी कि हिन्दी के लिए दिल्ली में हिन्दीवालों को बोलना नहीं पड़ता। किन्तु कठिनाई यह है कि 15 वर्ष की अवधि बीतती जा रही है और भाषा की समस्या ज्यों-की-त्यों पड़ी हुई है। तब भी देशवासी निश्चेष्ट हैं। अतएव लाचार होकर हिन्दी के पक्ष में हिन्दीवालों को मुँह खोलना पड़ता है। लेकिन इस स्थिति का एक बुरा पक्ष भी है क्योंकि हिन्दी के लिए जब हिन्दीवाले हल्ला करते हैं तब देश के बाकी लोगों पर यह प्रभाव पड़ता है कि हिन्दीवाले देश की प्रगति के लिए यह आन्दोलन नहीं कर रहे हैं, बल्कि इसलिए कि हिन्दी उनकी मातृभाषा है और अपनी मातृभाषा को वे शीघ्र-से-शीघ्र सारे देश पर लाद देना चाहते हैं। अतएव यह प्रश्न भी विचारणीय है कि हिन्दी के पक्ष में हिन्दीवालों को बोलना चाहिए या नहीं?

यह ठीक है कि 'संविधान के अमल में आने के बाद' 'नाम हिन्दी का स्वीकार कर लिया गया' और 'स्वरूप का निर्वाचन धारा 351 में हो गया', किन्तु विवाद खत्म करने के लिए यह यथेष्ट नहीं है।

देखने की बात यह है कि संविधान के आदेशों का पालन किया जा रहा है या नहीं। शिक्षा-मन्त्रालय के अधिकारी उर्दू के प्रेमी और राष्ट्रभाषा के विषय में शैथिल्य की आलोचना करने वाले लोग हिन्दी-भाषी हैं।

इतनी-सी बात पर यह समझ लेना ठीक नहीं है कि जो लोग राष्ट्रभाषा की प्रगति चाहते हैं, वे उर्दू के शत्रु हैं। उर्दू की शत्रुता करके किसी को क्या लेना है? उर्दू अच्छी भाषा है। उसमें बहुत-सी अच्छी-अच्छी कविताएँ लिखी गई हैं और आज भी लिखी जा रही हैं। इन कविताओं को हिन्दी-भाषी जनता प्रेम से पढ़ती है। उर्दू पर एक इलजाम यह है कि उसमें भारतीयता बहुत कम, इरानीपन अत्यधिक है। किन्तु इस सत्य से कैसे इनकार किया जा सकता है कि उर्दू के साहित्य के साथ मुसलमानों की संस्कृति बँधी हुई है, उसके साथ उनके दृष्टिकोण, उनकी मनोदशा, उनकी विचार-पद्धति का गहरा सरोकार है? उर्दू को ठेस पहुँचाना उसके प्रेमियों को दुःख देना है। फिर कौन चाहेगा कि उर्दू का ह्रास हो और हिन्दू-मुस्लिम-ऐक्य के क्षीर में खटाई पड़े? हिन्दी की माँग करनेवाले लोग भी हिन्दू-मुस्लिम एकता के महत्त्व को जानते हैं। वे अपने मुसलमान भाइयों को सदमा पहुँचाना नहीं चाहते। हम तो देश को सिर्फ इसलिए जगाए हुए हैं कि कहीं उसका वह निर्णय अधूरा नहीं रह जाए, जिसे उसने बड़ी ही कठिनाई के बाद स्थिर किया है। उन्नीसवीं सदी से बंगाल, मद्रास, महाराष्ट्र और गुजरात के हमारे पुरखे यह नारा लगाते आ रहे थे कि देश की एकता को कायम रखने के लिए देश की ही एक भाषा को अन्तःप्रान्तीय भाषा बनाओ। सौभाग्य से विधान-परिषद ने इसके लिए हिन्दी को चुन लिया। अब तो यह सारे देश का काम है कि वह थोड़ी मशक्कत उठाकर भी हिन्दी को शीघ्र-से-शीघ्र चालू कर दे। और हिन्दी सीखने में सबसे अधिक सुविधा तो उर्दू के जानकार को ही है। क्या यह उचित होगा कि उनकी ओर से इस काम में ढिलाई दिखाई जाए?

उर्दू-हिन्दी-विवाद बहुत दिनों तक चला। अब इस अध्याय पर परदा गिर जाना चाहिए। काका साहेब कालेलकर, सत्यनारायण जी, मगन भाई जी और महामहोपाध्याय पोद्दार जी जो भाषा लिखते हैं, उसका विरोध करना फिजूल है। सच पूछिए तो राष्ट्रीय हिन्दी और प्रान्तीय हिन्दी में कोई भेद नहीं है। यह राजनीति का संघर्ष है। यह पुराने झगड़े को जिलाए रखने का नकली शौक है। अभी तक तो पंडित सुन्दरलाल की भाषा ही ऐसी

भाषा है जो किसी के गले के नीचे नहीं उतरेगी। बाकी कौन हिन्दी-प्रेमी है जिसकी भाषा हिन्दी के भीतर खपाई नहीं जा सकती? भारत की अन्य प्रान्तीय भाषाएँ जिस उमंग से जी रही हैं, उर्दू को भी उसी उमंग से जीना चाहिए। संविधान में सभी भाषाओं की रक्षा का विधान है! इसका पूरा फायदा उर्दू भी उठाए। यदि उसका अधिकार कहीं अपहृत हो रहा है तो शासन का काम है कि उसे अपहृत नहीं होने दे। भारत के चार करोड़ मुसलमान भारतीय जनता के अविच्छिन्न अंग हैं। उन्हें हम सुख से रखेंगे। प्रतिष्ठा और सन्तोष से रखेंगे। किन्तु उन्हें भी मिल-जुलकर राष्ट्रभाषा के रथ को आगे बढ़ाने में देश की सहायता करनी चाहिए। हिन्दी राष्ट्रभाषा हो गई, इससे उर्दू की कोई हेटी नहीं हुई है।

[जून, 1954]

राष्ट्रीय और प्रान्तीय हिन्दी

बम्बई राज्य में राष्ट्रभाषा प्रचार-समिति, वर्धा की दो-एक परीक्षाएँ अमान्य कर दी गई हैं और सौराष्ट्र में भी सरकार कुछ ऐसा ही निर्णय करनेवाली है। कारण यह है कि यहाँ के कुछ विद्वान (जो राष्ट्रभाषा के हिमायती हैं) भ्रमवश यह मान बैठे हैं कि जो हिन्दी हिन्दी-प्रान्तों में बोली जाती है, वह राष्ट्रीय हिन्दी नहीं है। राष्ट्रीय हिन्दी तो वह होगी जो संविधान की 351वीं धारा के अनुसार भारत की चौदह भाषाओं के योग से बनेगी। ये लोग प्रयाग के हिन्दी साहित्य सम्मेलन को प्रान्तीय हिन्दी का प्रचारक मानते हैं और चूँकि वर्धा-समिति हिन्दी साहित्य सम्मेलन का ही एक अंग है, इसलिए समिति को भी वे प्रान्तीय हिन्दी का ही प्रचारक समझते हैं। अतएव उनका मत है कि अहिन्दी क्षेत्रों में वर्धा-समिति की परीक्षाएँ नहीं चलनी चाहिए। यह कहना तो बिलकुल ही गलत है कि जिस दिन देश ने राष्ट्रभाषा का चुनाव किया, उस दिन राष्ट्रभाषा हिन्दी का कोई भी रूप उसके सामने

विद्यमान नहीं था। प्रत्येक भाषा के अनेक रूप और अनेक शाखाएँ होती हैं जिन्हें नियन्त्रण में रखना असम्भव होता है। जनता जिस भाषा का प्रयोग करती है, वह तो उस भाषा का औसत रूप है। हिन्दी का भी एक औसत रूप देश के सामने मौजूद था जब संविधान ने उसे राष्ट्रभाषा के रूप में स्वीकृत किया और धारा 351 के अन्दर यह निर्देश दिया कि राष्ट्रभाषा का विकास देश की अन्य भाषाओं के मेल से किया जाना चाहिए। मेरे जानते हिन्दी प्रान्तों में ऐसा एक भी व्यक्ति नहीं मिलेगा जो संविधान की इस धारा को सन्देह की दृष्टि से देखता हो अथवा जो यह चाहता हो कि अन्य भाषाओं का प्रभाव हिन्दी पर नहीं पड़े। सच तो यह है कि हिन्दी जहाँ-जहाँ गई है, वहाँ-वहाँ उसने अपने लिए लेखक उत्पन्न कर लिये हैं और ये लेखक जब हिन्दी में लिखते हैं तब उनकी मातृभाषाओं की विशेषता का कुछ-न-कुछ पुट हिन्दी में आ ही जाता है। और हिन्दीवाले इस बात को अवांछनीय नहीं मानते। हम तो मानते हैं कि अन्य भाषाओं की विशेषताओं को आत्मसात् करके हिन्दी जहाँ सचमुच राष्ट्रीय होती जा रही है, वहाँ उसकी अभिव्यंजना की शक्ति भी बढ़ती जाती है, यही तो धारा 351 का आशय था।

मेरे जानते यह आन्दोलन दो कारणों से उठा है। पहला और सबसे प्रमुख कारण, शायद, यह है कि अहिन्दी प्रान्तों के लोग यह शंका करते हैं कि हिन्दी जब देश भर में फैलेगी तब सम्भव है, हिन्दीवालों का प्रभाव भी सारे देश में फैल जाए। इसलिए आरम्भ से ही वे इस खतरे को रोकना चाहते हैं और इसी चिन्ता से आतुर होकर उन्होंने यह तर्क निकाला है कि जो हिन्दी राष्ट्रभाषा हुई है, वह वही हिन्दी नहीं है जिसे हिन्दी प्रान्तों के लोग लिखते या बोलते हैं। राष्ट्रीय हिन्दी वह होगी जिसका विकास संविधान की शर्तों के अनुसार किया जाएगा और दूसरा कारण है– हिन्दी-हिन्दुस्तानी के झगड़ों से निकला हुआ प्रभाव। देश में हिन्दी-प्रचार का काम गांधी जी ने शुरू किया था, वे हिन्दुस्तानी के पक्षपाती थे। अतएव जो लोग गांधी-मार्ग पर अडिग हैं, वे आज भी हिन्दी को हिन्दुस्तानी रूप में ही चलाना चाहते हैं। उनका विचार है कि हिन्दी-प्रान्तों में चलनेवाली हिन्दी

संस्कृतनिष्ठ है। यह भाषा सारे देश की भाषा नहीं हो सकती। सारे देश की भाषा आसान होनी चाहिए। उसमें फारसी के साथ भारत की अन्य भाषाओं के शब्द भी काफी संख्या में चलने चाहिए।

विचार कर देखिए तो राष्ट्रीय हिन्दी वालों से किसी भी हिन्दी वाले का कोई मतभेद नहीं हो सकता। पहली बात तो यह है कि हिन्दी के राष्ट्रभाषा हो जाने से जो स्थिति उत्पन्न हुई है, उसका कोई भी अनुचित लाभ हिन्दीवाले नहीं उठाएँ, इस बात को हम सभी लोग मानते हैं। दूसरे, यह बात भी बुरी होगी, यदि कोई हिन्दीवाला यह चाहे कि चूँकि हिन्दी राष्ट्रभाषा हो गई है, इसलिए मैं हिन्दी का नेतृत्व करने को अहिन्दी प्रान्तों में जाऊँगा। यह गाय की पूँछ पकड़कर वैतरणी पार करने का प्रयास होगा। अहिन्दी प्रान्तवालों ने हिन्दी को राष्ट्रभाषा मानकर सारे देश को उपकार के बोझ से लाद दिया है। आज तीन भाषाएँ सीखने का भार उन्हीं पर है, हिन्दीवालों पर नहीं। भाषा के क्षेत्र में राष्ट्रीय एकता का जो महल तैयार हो रहा है, उसमें गारा, चूना और ईंट ढोने का सारा काम अहिन्दी-भाषी भाई कर रहे हैं। हिन्दीवाले तो चुपचाप बैठे हुए हैं। ऐसी अवस्था में उचित यही है कि हम हिन्दीवाले जरा अपने मस्तक को नीचे ही झुकाए रखें। हिन्दी का गार्जियन अब सारा देश है। बल्कि हमें उस काम में कहीं भी टाँग नहीं अड़ानी चाहिए जो अहिन्दी प्रान्तों में चल रहा है। हिन्दी को जो अपने घर ले जा रहे हैं, वही उसके सच्चे नेता और मित्र हैं। हम उसके पीछे-पीछे क्यों दौड़ें?

जहाँ तक फारसी अथवा अन्य भाषाओं के उपयुक्त शब्दों के प्रचलन की बात है, मैं इसमें भी कोई आपत्ति नहीं देखता। आपत्ति करनेवाले लोग हिन्दी की राह में केवल कठिनाई उत्पन्न करेंगे। अहिन्दी प्रान्तों की बात छोड़िए। क्या हिन्दी प्रान्तों में ही आज हजारों नवयुवक आसान हिन्दी लिखने के पक्षपाती नहीं हो रहे हैं? और क्या यह भाषा पसन्द नहीं की जा रही है?

कठिनाई इन बातों को लेकर नहीं है। मुख्य कठिनाई यह है कि राष्ट्रीय और प्रान्तीय हिन्दी के अलग-अलग नमूने कहीं दिखलाई नहीं पड़

रहे हैं। गुजरात, बम्बई, आंध्र, मद्रास और बंगाल में जो हिन्दी लिखी जा रही है, वह वही हिन्दी है जो उत्तर भारत में लिखी जाती है। जो हिन्दी वजूद में है, वही राष्ट्रभाषा के रूप में सर्वत्र फैल रही है। इस पर दूसरी भाषाओं के प्रभाव भी पड़ रहे हैं और सम्भव है, आगे चलकर ये प्रभाव और भी पुष्ट हों। सम्भव है, इन प्रभावों से हिन्दी की शैली में परिवर्तन भी आ रहा हो। किन्तु इस परिवर्तन को हर कदम पर देखने का प्रयास व्यर्थ है। भाषा के परिवर्तन सदियों के बाद सुस्पष्टता से देखने योग्य होते हैं। हिन्दी पहले भी बदली है और आगे भी बदलेगी। किन्तु यह परिवर्तन अदृश्यता के परदे में चलता है।

किन्तु तब भी बम्बई के कुछ विद्वान जिद किए बैठे हैं कि प्रमाण और उदाहरण न मिलें तो न मिलें, किन्तु राष्ट्रीय और प्रान्तीय हिन्दी का भेद अवश्य किया जाएगा। भावनगर में सुना कि बम्बई सरकार को जब ये लोग यह नहीं बता सके कि राष्ट्रीय हिन्दी और प्रान्तीय हिन्दी में क्या भेद है, तब उन्होंने इस तर्क का आश्रय लिया कि हिन्दी साहित्य सम्मेलन वह संस्था है जिसे गांधी जी ने छोड़ दिया था और वर्धा-समिति-सम्मेलन की शाखा है। अतएव वर्धा और प्रयाग दोनों गांधी-विरोधी हुए। इसलिए इन्हें प्रश्रय नहीं दिया जाना चाहिए!

जहाँ तक मुझे मालूम है, गांधी जी ने सम्मेलन का त्याग दो लिपियों के प्रश्न पर किया था, किन्तु तब भी सम्मेलन पर उनकी प्रेम-दृष्टि बराबर बनी रही। राष्ट्रभाषा प्रचार-समिति, वर्धा को वे तब भी अपनी बड़ी बेटी कहा करते थे और हिन्दुस्तानी प्रचार सभा को छोटी बेटी।

लेकिन ये बातें अब खत्म हो चुकी हैं। हिन्दुस्तानी भाषा और दो लिपियों का प्रचार यह इसलिए आवश्यक माना गया था कि इसके द्वारा हिन्दू-मुस्लिम समस्या के सुलझाए जाने की उम्मीद थी। किन्तु इस समस्या को सुलझाने में हम सोलह आने सफल रहे जिसका ज्वलंत प्रमाण दो-तीन खंडों में बँटा हुआ यह भारत देश है। लेकिन इसका अर्थ यह नहीं है कि अब हिन्दू-मुस्लिम एकता की आवश्यकता नहीं रही। आवश्यकता तो है और उसकी राह भी संविधान ने बता दी है; अर्थात् अन्य 14 भाषाओं की

तरह उर्दू का भी आनुपातिक प्रभाव हिन्दी स्वीकार करेगी और उर्दू एक स्वतन्त्र भाषा के रूप में अलग फूले-फलेगी। गांधी जी ने चाहा था कि हिन्दी-उर्दू के बीच सुलह कराकर भाषा-विषयक झगड़े का निपटारा कर दें, लेकिन संविधान ने शर्त लगा दी है कि हिन्दी पर केवल उर्दू का ही नहीं, अन्य सभी भारतीय भाषाओं का भी स्वाभाविक प्रभाव पड़ना चाहिए। जो लोग आज भी यह जिद कर रहे हैं कि राष्ट्रभाषा की समस्या केवल हिन्दी-उर्दू की समस्या है, वे तनिक उस आवाज को भी सुनें जो तेलगू आदि भाषाओं के क्षेत्र से आ रही है कि 'केवल हिन्दी-उर्दू ही क्यों? कुछ हमारा भी अधिकार है।'

मेरा वैयक्तिक मत यह है कि राष्ट्रभाषा का प्रचार अब भी अपनी आरम्भिक अवस्था में है और हिन्दी प्रचारकों में से प्रायः सब-के-सब, यद्यपि एक ही प्रकार की भाषा लिखते हैं तथापि उनमें से कुछ लोग तो हिन्दी के समर्थक हैं और कुछ विभिन्न कारणों से हिन्दुस्तानी के। काका साहब कालेलकर, श्री मोटूरी सत्यनारायण, श्री मगन भाई देसाई–ये सभी लोग हिन्दुस्तानी का समर्थन करते हैं, किन्तु इनमें से एक की भी भाषा ऐसी नहीं है जिससे हमारा विरोध हो। यदि उर्दू के जानकारों की सुविधा काका साहब की भाषा में है तो उन्हें इस शैली को जरूर अपना लेना चाहिए। अभी तो राष्ट्रभाषा आरम्भिक अवस्था में है। उचित यह है कि अभी हम किसी प्रकार का भी रेजिमेंटेशन नहीं करें और हिन्दी अथवा हिन्दुस्तानी के नाम से राष्ट्रभाषा का जो भी औसत रूप नागरी लिपि में चलाया जा रहा हो, उसे अबाध गति से चलने दें। राष्ट्रभाषा प्रचार-समिति, वर्धा उतनी ही बड़ी और महत्त्वपूर्ण संस्था है जितनी कि मद्रास की हिन्दी प्रचार-सभा। सच पूछिए तो आजकल अहिन्दी प्रान्तों में हिन्दी का जो भी काम हुआ है, उसका श्रेय इन्हीं दो संस्थाओं को है। अतएव अगर कोई सरकार वर्धा-समिति की परीक्षाओं को अमान्य करती है तो इससे हिन्दी के प्रचार में बहुत बड़ी बाधा पड़नेवाली है। फिर हमें यह भी देखना चाहिए कि काका साहेब कालेलकर, श्री सत्यनारायण जी, महामहोपाध्याय पोद्दार जी और श्री मगन भाई देसाई– ये सभी लोग राष्ट्रभाषा के समर्थक और अपनी-अपनी जगह पर उसके

कर्णधार हैं। अगर सम्मेलन की नीति से इनका कुछ मतभेद है तो इस मतभेद का प्रभाव हिन्दी के प्रचार पर नहीं पड़ना चाहिए। दोनों ही धाराओं को नागरी की घाटी में खुलकर बहने दीजिए। आप जबर्दस्ती भाषा लादने की कोशिश क्यों करते हैं? प्रजा-सत्ता में क्या जनता को इतना भी अधिकार न दीजिएगा कि वह पसन्द की भाषा चुन ले?

मेरे जानते वर्धा-समिति की परीक्षाएँ बम्बई, गुजरात और सौराष्ट्र में लोकप्रिय हैं। भावनगर में कुछ कार्यकर्ताओं ने मुझे बताया कि समिति की लोकप्रियता को नष्ट करने का और कोई उपाय नहीं देखकर ही हिन्दुस्तानीवादी भाइयों ने सरकारी शस्त्र का सहारा लिया है। प्रतियोगिता में जनता के बीच अन्य संस्थाओं को वर्धा-समिति के समानान्तर दौड़ने में कठिनाई होती है, इसलिए ये संस्थाएँ सरकार से साँठ-गाँठ करके समिति की टाँग तोड़ देना या तुड़वा देना चाहती हैं, जिससे समिति पीछे रहे और वे आगे हो जाएँ। बात सुनकर मुझे अपने काव्य 'रश्मिरथी' का यह पद याद आया :

एक बाज का पंख कतर कर
करना अभय अपर को,
सुर को शोभे भले, नीति यह
नहीं शोभती नर को।

इस प्रसंग में मुझे कुछ विरोधाभास भी दिखाई पड़ा। सबसे बड़ा विरोधाभास तो यह है कि 'हरिजन' का उर्दू-संस्करण अब नहीं निकलता है। कब से नहीं निकलता है, यह मुझे पता नहीं चला। किन्तु उसका बन्द होना ही यह बतलाता है कि पत्र के उर्दू-संस्करण के पाठक अब नहीं रहे। उचित है कि 'हरिजन' के व्यवस्थापक लोग 'हरिजन' का उर्दू-संस्करण फिर से जारी कर दें। यह भी सुना कि अहमदाबाद में कोई उर्दू प्रशिक्षण-विद्यालय था जो अब बन्द है। यह सब क्यों हो रहा है? क्या इसलिए कि उर्दू और हिन्दुस्तानी के लिए जनता में बहुत बड़ा उत्साह है? और उत्साह नहीं है तो फिर गरीब हिन्दीवालों से विवाद क्यों ठानते हैं?

उर्दू का कल्याण हिन्दीवाले भी चाहते हैं और दूसरे लोग भी। स्वाभाविक रूप से उर्दू का जो प्रभाव हिन्दी पर पड़ सकता है, पड़ रहा है। हिन्दी और उर्दू लेखकों में बैर नहीं है, न हिन्दी-भाषी हिन्दुओं और उर्दू-भाषी मुसलमानों में दुश्मनी या तनाव ही है। सभी भाषाओं के समान उर्दू भी आनन्द से बढ़े! किन्तु, यह आग्रह गलत है कि जो हिन्दी फारसीमयी नहीं है, उसे चलने मत दो। ऐसी बात कहने के पूर्व अहिन्दी प्रान्तों की जनता की रुचि को तो देख लीजिए।

['सौराष्ट्र-भ्रमण' से, जून, 1954]

राष्ट्रभाषा : हमारी सांस्कृतिक राष्ट्रीयता की देन

आज के प्रचलित अर्थ में राष्ट्र और राष्ट्रीयता—ये दोनों शब्द भारत के लिए नये हैं अर्थात इनका चलन हमारे यहाँ तब आरम्भ हुआ जब अंग्रेजी शासन के विरुद्ध भारत में प्रतिक्रिया जागने लगी। भारतीय और यूरोपीय संस्कृतियों के संघर्ष से पिछली शताब्दी में भारत में जो महान सांस्कृतिक जागरण हुआ, उसी के परिणामस्वरूप नवीन भारत का जन्म हुआ। यूरोप के सांस्कृतिक आक्रमणों से भारतीय की रक्षा करने के क्रम में भारत में पहले सांस्कृतिक राष्ट्रीयता जन्मी, पीछे वही राष्ट्रीयता राजनीतिक राष्ट्रीयता में परिणत हो गई। हिन्दी भारत की राष्ट्रभाषा बनाई जाए, इस प्रस्ताव को हम सामान्यतः भारत की राजनीतिक राष्ट्रीयता की देन मानते हैं, किन्तु वस्तुतः वह हमारी सांस्कृतिक राष्ट्रीयता की देन है। उन्नीसवीं शताब्दी के सांस्कृतिक महाजागरण के नेताओं का ध्येय केवल भारत को स्वतन्त्र कराना नहीं था, प्रत्युत् वे एक ऐसे भारत का निर्माण करना चाहते थे जो विज्ञान और

बुद्धिवाद की विशिष्टताओं को ग्रहण करता हुआ अपनी आध्यात्मिक परम्पराओं के मार्ग पर आरूढ़ रहे, जो यूरोप का अंधानुकरण नहीं करके संसार के सामने कोई ऐसा आदर्श रख सके जिससे धर्म में हिलती हुई आस्था को स्थिरता प्राप्त हो, जिससे विश्व में फैली हुई विभिन्न जातियों, भाषाओं और संस्कृतियों के बीच एकता बिठाई जा सके तथा विश्व-मानवता की असम्भव कल्पना सम्भव बनाई जा सके। बड़े आधार पर विश्व में जितनी विविधताएँ देखने में आती हैं, छोटे आधार पर बहुत कुछ वैसी ही विविधताएँ भारत में विद्यमान हैं। अतएव भारतीय एकता को सम्भव बनाकर हमारे सन्तों और सांस्कृतिक सुधारकों ने विश्व से यह कहना चाहा कि विविधताओं में एकता लाने का मार्ग वह है जिस पर भारतवासी चल रहे हैं।

किन्तु विविधता में एकता लाने का जो मार्ग भारतवासियों ने ग्रहण किया, वह कौन-सा मार्ग है? मेरे जानते वह मार्ग इस अनुभूति से निकलता है कि भारत में जितनी जातियाँ बसती हैं, वे एक ही महाजाति की अंग हैं जिसका नाम भारतीय जाति है; भारत में जितनी संस्कृतियाँ हैं, वे एक ही सामासिक संस्कृति की विभिन्न झाँकियाँ हैं जिसका नाम भारतीय संस्कृति है; भारत में जितने धर्म हैं, वे एक ही महाधर्म के विभिन्न अंग हैं जिसका नाम मानव-धर्म है और जो धर्म आगामी विश्व-धर्म की पृष्ठभूमि बनकर आया है तथा भारत में जितनी भाषाएँ हैं, उन सबका सांस्कृतिक ध्येय एक है; विभिन्न शब्दों में वे एक ही स्वप्न की व्याख्या कर रही हैं, एक ही भावना को रूप दे रही हैं तथा वे एक ही घाट पर पानी पीकर जी रही हैं जो वेदों और उपनिषदों का घाट है; जो वाल्मीकि, व्यास, महावीर और बुद्ध का घाट है।

किन्तु भाषा के क्षेत्र में इतना ही यथेष्ट नहीं था। जब भारत में राष्ट्रीयता का आधुनिक अर्थ प्रचलित नहीं हुआ था, तब भी सभी क्षेत्रीय भाषाओं के साथ भारत में एक राष्ट्रभाषा भी प्रचलित थी, क्योंकि जो भी विद्वान अपने भावों या विचारों को सारे देश के सामने रखना चाहता था, वह क्षेत्रीय भाषा अथवा अपनी मातृभाषा में नहीं लिखकर ग्रन्थों की रचना संस्कृत में किया करता था। भारत में भाषागत भेद पहले भी थे, किन्तु संस्कृत के राष्ट्रव्यापिनी होने के कारण इन भेदों से देश की वैचारिक एकता

में बाधा नहीं पहुँचती थी। अतएव 19वीं शताब्दी के सुधारकों के सामने जब यह प्रश्न उठा कि जो नवीन भारत जन्म ले रहा है, उसकी राष्ट्रभाषा क्या हो, तब अनायास ही वे इस निर्णय पर आ गए कि नवीन भारत की राष्ट्रभाषा केवल हिन्दी ही हो सकती है।

हिन्दी और संस्कृत में साम्य के जहाँ अनेक लक्षण विद्यमान हैं, वहाँ यह लक्षण भी है कि जैसे संस्कृत किसी की भी मातृभाषा न होकर समग्र देश की भाषा रही, वैसे ही दिल्ली और उसके अत्यन्त समीपवर्ती स्थानों को छोड़ दें तो हिन्दी भी किसी प्रान्त-विशेष की मातृभाषा नहीं है, अतएव संस्कृत के समान ही वह सारे देश की भाषा बनने के योग्य है।

राममोहन राय, केशवचन्द्र, बंकिम बाबू, विवेकानन्द, स्वामी दयानन्द, सुब्रह्मण्य अय्यर, कस्तूरी रंगायंगर, के.टी. तेलंग, राणाडे, गोखले, तिलक और अरविन्द–सांस्कृतिक नवोत्थान के इन नेताओं में से कोई भी व्यक्ति जन्म से हिन्दी-भाषी नहीं था, किन्तु उन्होंने देशभाषाओं में से हिन्दी को ही इस योग्य समझा कि राष्ट्रभाषा के रूप में उसका प्रचार किया जाए। भारत की राष्ट्रभाषा हिन्दी और सभी भारतीय भाषाओं की समान लिपि देवनागरी हो–इस मत के व्याख्याताओं में भी जिन दो महापुरुषों के नाम हमें स्मरण हैं, उनमें से जस्टिस श्री कृष्णस्वामी अय्यर तमिलभाषी और जस्टिस शारदाचरण मित्र बंगाली थे। अंग्रेजी उस समय भी देश में प्रचलित थी, प्रत्युत् भारत में अंग्रेजी के जैसे निष्णात विद्वान 19वीं शताब्दी में उत्पन्न हुए, वैसे उसके उपरांत नहीं हुए हैं। फिर भी हमारे सन्तों और सुधारकों ने अंग्रेजी को अन्तःप्रान्तीय सम्बन्धों के लिए स्वीकार नहीं किया क्योंकि अपनी भाषाएँ छोड़कर विदेशी भाषा में बोलने वाले देश का अपना व्यक्तित्व शेष नहीं रह सकता, वह अपनी परम्पराओं से टूट जाता है एवं संसार में उसका स्थान उतना ही हास्यास्पद हो जाता है जितना उस व्यक्ति का जो दूसरों के अनुकरण करने को ही जीवन का श्रेष्ठ सुकर्म समझता है।

प्रत्येक राष्ट्र का कोई-न-कोई सन्देश होता है जिसे वह राजनीतिक पराधीनता की स्थिति में व्यक्त नहीं कर सकता, जिसे वह ऐसी किसी भाषा में भी नहीं कह सकता जिसमें उस सन्देश की साधना न की गई, जिसमें

शताब्दियों तक उसका चिन्तन और मनन नहीं हुआ हो। जाति की अपनी भाषा कौन है, यह जानने की सच्ची कसौटी यह होती है कि उसका दर्शन और काव्य किस भाषा में लिखा जा रहा है। भारत के अनेक कवियों ने अंग्रेजी भाषा में अपनी कविताएँ लिखने की चेष्टा की। किन्तु उनके सारे प्रयास व्यर्थ सिद्ध हुए। न तो अंग्रेजी ने उनकी कविताओं को कविता माना, न भारतवासियों ने उनमें अपनी राष्ट्रीय अनुभूति देखी। इसके विपरीत रवीन्द्रनाथ और इकबाल, मैथिलीशरण और सुब्रह्मण्य भारती, नान्हा लाल और मेघाणी ने जो कुछ लिखा, वे देश के हृदय तक पहुँच गया है। दर्शन के क्षेत्र में भी जो कार्य गीता रहस्य ने किया, वह अंग्रेजी में विरचित किसी भी दार्शनिक ग्रन्थ से पूरा नहीं किया जा सकता था। जाति की अपनी भाषा वह हो सकती है जिसका सम्बन्ध उसकी इतिहासव्यापिनी चिन्ताधारा से रहा हो। अंग्रेजी की तुलना में इस देश की कोई भाषा यहाँ की राष्ट्रभाषा हो सकती थी, किन्तु प्रचार और प्रसार की सुगमता के लिए उन्नीसवीं शताब्दी के नेताओं ने हिन्दी को चुना, क्योंकि यही एक भाषा थी जिसके बोलने वाले सबसे अधिक थे और जिसे सीखने का परिश्रम कम-से-कम लोगों को करना पड़ता।

19वीं शताब्दी के चिन्तकों का यह समाधान बीसवीं शताब्दी तक आते-आते और भी आदरणीय हो गया एवं गांधी जी में आकर उसने अपनी पूरी मूर्तिमत्ता प्रकट कर दी। सांस्कृतिक नवोत्थान की अनेक कल्पनाओं को आकार देने का काम महात्मा गांधी ने किया है और उन्हीं से हिन्दी को राष्ट्रभाषा बनाने के आन्दोलन को भी सक्रिय रूप मिला। संविधान सभा ने हिन्दी को जब भारत की राजभाषा घोषित किया, उसके पूर्व ही अहिन्दी-भाषी क्षेत्रों की जनता ने उसे राष्ट्रभाषा के रूप में स्वीकार कर लिया था।

संविधान के निर्णयानुसार 15 वर्षों के भीतर अर्थात् सन् 1965 ई. तक हिन्दी का राजभाषा विषयक रूप विकसित हो जाना चाहिए अर्थात् उस समय तक कानून की सभी पुस्तकों का हिन्दी में अनुवाद हो जाना चाहिए, सेवा-आयोग तथा सरकारी कार्यालयों में उसका चलन हो जाना चाहिए,

साहित्य एवं विज्ञान की इतनी पुस्तकें उसमें प्रकाशित हो जानी चाहिए कि हिन्दी के माध्यम से विश्वविद्यालयों में ऊँची-से-ऊँची शिक्षा दी जा सके तथा न्यायालयों एवं महान्यायालय में हिन्दी के माध्यम से विवाद और विचार-विमर्श किया जा सके। साथ ही अहिन्दी प्रान्तों में तब तक हिन्दी का इतना प्रचार कर देना है कि उन प्रान्तों के साथ केन्द्रीय अथवा अन्य प्रान्तीय शासनों का पत्राचार हिन्दी में चल सके तथा जो व्यक्ति सर्वदेशीय धरातल से सारे देश के साथ हिन्दी में बोलना चाहे, उसे शिक्षा-साधनों के सीमित होने के कारण कोई कठिनाई नहीं हो।

प्रायः लोग इस भ्रम में पड़ जाते हैं कि अंग्रेजी के हटने पर जो स्थान रिक्त होगा, वह सब-का-सब हिन्दी को मिल जाएगा। यह हिन्दी के पक्ष में अनुचित उत्साह है। अंग्रेजी केवल हिन्दी का अधिकार दबाकर नहीं बैठी है। वह अधिक स्थान तो क्षेत्रीय भाषाओं के ही दबाए हुए है। अंग्रेजी के हटने पर भी प्रान्तीय शासन और जनता चाहे तो, शिक्षा के भी काम वहाँ की प्रान्तीय भाषाओं में ही चलेंगे। अतएव आवश्यक है कि प्रत्येक क्षेत्र की जनता में अपनी मातृभाषा के लिए अनुराग उत्पन्न किया जाए। इसी अनुराग को जगाकर हम अंग्रेजी को वर्तमान पद से हटा सकते हैं। जब तक जनता में मातृभाषा के लिए प्रेम नहीं जगता, तब तक प्रान्तीय भाषाओं के क्षेत्रों में राष्ट्रभाषा का मार्ग भी बाधित रहेगा। प्रसन्नता की बात है कि हिन्दी प्रान्तों में शासन के कार्य में हिन्दी का प्रयोग बढ़ने लगा है। इसका अनुकरण अन्य भाषा-भाषी क्षेत्रों में भी होना चाहिए जिससे वहाँ के भी शासन-सम्बन्धी कार्य क्षेत्रीय भाषाओं में किया जा सके। प्रान्तों में जब क्षेत्रीय भाषाओं का प्रयोग होना आरम्भ हो जाएगा, तभी वहाँ की जनता अंग्रेजी के स्थान पर अपनी राष्ट्रभाषा सीखने के महत्त्व को सरलता से समझेगी और तभी वह आशंका भी दूर हो जाएगी जिससे ग्रसित होने के कारण कहीं-कहीं लोग यह समझ रहे हैं कि राष्ट्रभाषा के प्रचार से क्षेत्रीय भाषाओं का दलन होने वाला है।

वर्तमान अवस्था यह है कि अंडमान और निकोबार द्वीप, आसाम, बम्बई, कुर्ग, दिल्ली, हैदराबाद, उड़ीसा, पंजाब, सौराष्ट्र, त्रावणकोर कोचीन,

त्रिपुरा और आंध्र के माध्यमिक स्कूलों में हिन्दी का प्रवेश अनिवार्य रूप में हो गया है तथा अन्य राज्यों में हिन्दी की अनिवार्यता का प्रश्न अभी विचाराधीन है। भारत सरकार के शिक्षा-मन्त्रालय ने वैज्ञानिक पारिभाषिक शब्दों के निर्माण की जो योजना बनाई है, उसके अन्तर्गत कोई 19 समितियाँ और उपसमितियाँ काम कर रही हैं। इस मन्त्रालय ने कोई चौंतीस हजार शब्द बनाए या संगृहीत किये हैं जिनमें कुछ तो स्वीकृति पा चुके हैं और कुछ अभी विचाराधीन हैं। अहिन्दी प्रान्तों में हिन्दी प्रचार का वास्तविक कार्य आज भी वे ही संस्थाएँ कर रही हैं, जिनकी स्थापना पूज्य गांधी जी ने की थी अथवा जो उनकी प्रेरणा से उत्पन्न हुई थी। संस्थाओं में वर्धा की राष्ट्रभाषा प्रचार-समिति और हिन्दुस्तानी प्रचार-सभा, मद्रास की दक्षिण भारत हिन्दी प्रचार सभा, पूने की महाराष्ट्र राष्ट्रभाषा-सभा, अहमदाबाद का गुजरात विद्यापीठ, मैसूर की मैसूर हिन्दी प्रचार सभा तथा हैदराबाद की हैदराबाद हिन्दी-सभा महत्त्वपूर्ण संस्थाएँ हैं। विशेषतः राष्ट्रभाषा प्रचार-समिति, वर्धा तथा दक्षिण भारत हिन्दी प्रचार सभा, मद्रास का कार्यक्षेत्र यथेष्ट रूप से व्यापक और विशाल रहा है। राष्ट्रभाषा के विकास की दिशा में सबसे नया और महत्त्वपूर्ण कार्य भारत सरकार द्वारा नियुक्त भाषा-आयोग है। इस आयोग ने अपना कार्य आरम्भ कर दिया है तथा स्पष्ट ही इसके प्रयत्नों से राष्ट्रभाषा के मार्ग की कठिनाइयों को दूर करने में देश को अपरिमित सहायता प्राप्त होगी। अतएव प्रत्येक राष्ट्रभाषा-प्रेमी का कर्तव्य है कि वह भाषा-आयोग को अपना पूरा सहयोग अर्पित करे एवं देश में सद्भावनापूर्ण वातावरण बनाए रखने की चेष्टा करे जिससे आयोग अपने ध्येय की सिद्धि में सफल हो।

अभिभाषण

भाषा का सवाल

पिछले पच्चीस-तीस वर्षों के भीतर अखिल भारतीय या प्रादेशिक सम्मेलनों के मंच से जितने भाषण हुए हैं, उनमें से कुछ थोड़े ही ऐसे रहे होंगे जिनमें हिन्दी-उर्दू-विवाद अथवा हिन्दी के राष्ट्रभाषा वाले प्रश्न पर कुछ नहीं कहा गया हो। मेरी इच्छा थी कि इन प्रश्नों पर सर्वथा मौन रहकर मैं एक नई परम्परा का सूत्रपात करूँ। किन्तु मेरा मौन कहीं उन बातों की स्वीकृति का लक्षण न मान लिया जाए जो चारों ओर कही जा रही हैं, इसलिए यह उचित जान पड़ता है कि इस सम्बन्ध में जो विचार मैं कई वर्षों से देश के सामने रखता आ रहा हूँ, उन्हें एक बार फिर इस सम्मेलन के मंच से दुहरा दूँ। और इससे सम्मेलन पर कोई खास जिम्मेदारी भी नहीं आती, क्योंकि जिस मंच से मैं बोल रहा हूँ, वह सम्मेलन का क्षेपक-मंच है

और क्षेपक-मंच से कही हुई बातों को काम में लाने की अनिवार्यता सम्मेलन पर नहीं आती है।

राष्ट्रभाषा या राजभाषा के प्रश्न पर हिन्दी-भाषी जनता को मौन क्यों रहना चाहिए, इसके अनेक कारण हैं। सबसे बड़ा कारण यह है कि भाषा को लेकर देश में अनेक प्रकार के उच्छेदकारी भाव जाग्रत हो रहे हैं और चारों ओर से यह कहा जा रहा है कि चूँकि हिन्दी के राजभाषा होने से हिन्दी वालों की स्थिति सुविधापूर्ण होती है, इसलिए वे हिन्दी को बाकी देश पर अपने संख्याबल से जबर्दस्ती लादना चाहते हैं। हिन्दी के राजभाषा हो जाने से जो स्थिति उत्पन्न हुई है, उसमें हिन्दीवालों पर तो केवल दो भाषाएँ अर्थात् हिन्दी और अंग्रेजी सीखने का बोझ है; किन्तु अहिन्दी-भाषी भाइयों और बहनों पर कम-से-कम तीन भाषाएँ सीखने की जिम्मेदारी आती है, क्योंकि मातृभाषा और अंग्रेजी सीखे बिना उनका काम नहीं चल सकता, ऊपर से उन्हें देश की राजभाषा में भी दक्षता प्राप्त करनी है। जो भी व्यक्ति इस स्थिति को बारीकी से समझेगा, उससे अहिन्दी-भाषी भारतवासियों की कठिनाई छिपी नहीं रहेगी, न उसके भीतर यह अधीरता ही उत्पन्न होगी कि लोग जल्दी-जल्दी राजभाषा को सीख क्यों नहीं लेते। नई भाषाएँ सीख लेना बहुत आसान काम नहीं है। उसके लिए घोर परिश्रम की आवश्यकता होती है और परिश्रम में तत्पर मनुष्य दो कारणों से होता है–एक तो अपने भीतर के उत्साह से और दूसरे, किसी विवशता के कारण। जहाँ तक राष्ट्रीयता के लिए उत्साह का सम्बन्ध है, स्वतन्त्रता-प्राप्ति के बाद से वह दिनोंदिन छीजता आ रहा है। स्वाधीनता-संघर्ष के दिनों में हम जब अपने देश का इतिहास पढ़ते थे तब हमें बार-बार यह भासित होता था कि अमूक अवसर पर हमारे पूर्वजों ने गलती की। अमूक अवसर पर अगर वे एक हो गए होते तो देश गुलाम नहीं होता तथा अमूक अवसर पर अपने क्षेत्रीय जोश को दबाकर वे यदि राष्ट्रीय एकता की बात सोचते तो देश कब का स्वाधीन हो गया होता। इतिहास पढ़ते समय हम इन उदात्त भावों से भर जाते थे और मन-ही-मन यह प्रतिज्ञा करते थे कि अपने समय में यदि हमें कोई अवसर मिला तो हम उन छोटी बातों के शिकार

नहीं होंगे जिनमें पड़कर हमारे पूर्वजों ने छोटी चीज को बचा रखने की कोशिश में बड़ी चीज को हाथ से निकल जाने दिया। स्वतन्त्रता-प्राप्ति के बाद अवसर तो हमें मिला है, और ऐसा अवसर मिला है जैसाकि पिछले चार हजार वर्षों के भीतर कभी नहीं मिला था। किन्तु हम इस अवसर का जैसा सदुपयोग कर रहे हैं, उससे तो यही सिद्ध होता है कि हम भी अपने पूर्वजों की ही सन्तान हैं। राष्ट्रीयता के लिए भारतवासियों का प्रेम कहाँ है, यह राज्य-पुनर्गठन-आयोग से प्रेरित घटनाएँ बतला चुकी हैं। राष्ट्रीयता के लिए भारतवासियों का प्रेम कहाँ है, यह बारह महीने में चौबीस बार होने वाले उपद्रव बतलाते ही रहते हैं।

अहिन्दी-भाषी लोग जल्दी-जल्दी हिन्दी नहीं सीख रहे हैं, इसे लेकर हम हिन्दी वाले, शायद, यह भी सोच बैठें कि उनकी अपेक्षा हम अधिक राष्ट्रीय हैं। किन्तु, यह दावा केवल इसलिए किया जा सकता है कि भाषा के मामले में हिन्दी वालों की स्थिति अधिक निरापद है। यदि किसी दिन यह निश्चय हो गया कि प्रत्येक हिन्दी-भाषी को तमिल, तेलगू, कन्नड़ या मलयालम जैसी कोई-न-कोई अहिन्दी भाषा भी सीखनी होगी, असल में उस दिन यह देखा जाएगा कि हिन्दी-भाषियों में राष्ट्रीयता के लिए कितना उत्साह है और दक्षिण की कठिन भाषाओं में दक्षता प्राप्त करने को उनमें से कितने लोग आगे बढ़ते हैं।

वास्तव में स्थिति यह है कि भाषा के क्षेत्र में भारतीय एकता का जो महल तैयार हो रहा है, उसमें ईंट और पत्थर ढोने से लेकर गारा और चूना पहुँचाने तक का सारा कार्य अहिन्दी-भाषी लोग कर रहे हैं। बारह भाई तो धूप में परेशान हो रहे हैं और एक भाई पेड़ की छाया तले विश्राम कर रहा है। उचित है कि पेड़ की छाया-तले विश्राम करने वाला यह भाई अपने मस्तक को जरा नीचे ही रखे और धूप में खटने वाले भाइयों के काम में भरसक कोई दखल नहीं दे।

यह तो हुई राष्ट्रीयता की कहानी। यदि विवशता या प्रतिबन्ध की बात सोचें तो भारतीय गणतन्त्र प्रजासत्ता के आधार पर खड़ा हुआ है। उसमें अधिनायकवाद के लिए कोई गुंजाइश नहीं है। प्रजातन्त्र का सामान्य लक्षण

है कि उसमें बहुसंख्यक लोगों की बात चलती है, किन्तु उसकी शोभा इसमें है कि भाषा, धर्म या संस्कृति जैसे बुनियादी प्रश्नों पर बहुमत स्वेच्छया अल्पमत के अधीन हो जाए। विशेषतः भारतवर्ष में डिक्टेटरी-पद्धति चल नहीं सकती—चाहे वह डिक्टेटरी व्यक्ति की हो या बहुमत की। भारत कोई एक देश नहीं है। यह अनेक देशों का संघीभूत रूप है। हाँ, भूगोल और सामाजिक संस्कृति ने उसे एक जरूर बना रखा है। इसके विपरीत, सारा यूरोप एक देश है, केवल भाषाओं के कारण खंडित होकर वह अनेक देशों में बँट गया है। सारे यूरोप में कोई एक भाषा समान रूप से प्रचलित हो जाए, इसके लिए अनेक प्रयत्न किए गए, किन्तु सफलता किसी को भी नहीं मिली। सारे भारतवर्ष को एक भाषा-सूत्र में बाँधने का कार्य भी कुछ वैसा ही कठिन है। आशा केवल इस बात से है कि सम्पूर्ण भारतवर्ष की जनता एक राज्य के अधीन होकर परस्पर एक रहना चाहती है और संविधान ने देश की राजभाषा के पक्ष में जो निर्णय किया है, उसकी उपयोगिता सारा देश एक स्वर से स्वीकार करता है। कितनी प्रसन्नता की बात है कि हिन्दी सीखने में अहिन्दी-भाषियों को जो कठिनाई है, उससे विचलित होकर वे तरह-तरह की बातें तो बोलते हैं, किन्तु कोई यह नहीं कहता कि संविधान ने जो निर्णय किया है, उसे हम बदलना चाहते हैं। भारत की एकता का महल बहुत कुछ तो पहले से ही तैयार था। स्वतन्त्र होने के बाद हमने उसके कई अंगों को और भी पुष्ट कर दिया। यदि भाषा के क्षेत्र में हम सभी क्षेत्रों के बीच समुचित सामंजस्य बिठाने में कृतकार्य हो गए तो इस देश की एकता अजेय हो जाएगी। फिर हमें आन्तरिक भय कहीं से भी नहीं रह जाएगा। यही नहीं, प्रत्युत् भारत की एकता के परिपूर्ण हो जाने पर सम्पूर्ण विश्व की एकता की कल्पना भी उतनी असाध्य नहीं रहेगी जितनी कि वह आज दिखाई देती है। सम्पूर्ण विश्व को एक बनाने के मार्ग में नस्ल, भाषा, धर्म, संस्कृति आदि को लेकर जो बड़ी-बड़ी बाधाएँ हैं, वे ही बाधाएँ कुछ छोटे पैमाने पर भारत में भी मौजूद हैं। जिस दिन हम इन बाधाओं पर भारत में विजय प्राप्त कर लेंगे, उस दिन से विश्वैकता के क्षेत्र में भी ये बाधाएँ कमजोर पड़ने लगेंगी। भारत की एकता कानून पर कम, लोगों के सद्भाव पर अधिक अवलंबित है।

कदम-कदम पर समझौते और सामंजस्य तथा बित्ते-बित्ते पर पैबन्द–इनके बिना इस देश की एकता नहीं टिक सकती! यूरोप अथवा एशिया के लघ्वाकार देशों की एकरूपता पर ललचाना व्यर्थ है। भाग्य ने भारत के लिए किसी छोटे-सीधे मार्ग का निर्माण नहीं किया है। हमारे सामने जो मार्ग है, वह तुरन्त दायें, तुरन्त बायें, तुरन्त ऊपर और तुरन्त नीचे जानेवाला मार्ग है और इस मार्ग पर आँख मूँदकर दौड़ना सम्भव नहीं है। राष्ट्र के प्रत्येक कार्य-क्षेत्र में हम धीरे-धीरे, बल्कि हाथी की तरह फूँक-फूँककर कदम उठा रहे हैं। राज्य पुनर्गठन के क्षेत्र में हमने सिर्फ एक बार जरा जल्दी करने की कोशिश की और वहीं हम गच्चा खा गए। राजभाषा को सार्वदेशिक बनाने का काम इससे कम कठिन नहीं है। आतुरता की बात इस क्षेत्र में चल नहीं सकती। हिन्दी को सार्वदेशिक बनाने के पूर्व असंख्य नर-नारियों को हिन्दी पढ़कर भली भाँति तैयार हो लेना है। और इस कार्य में वे बहुत अनुचित समय भी नहीं लेंगे। किन्तु उन्हें उतना समय तो लेने देना ही होगा जिसे वे अपनी सुविधा के लिए आवश्यक समझते हों।

अपनी मातृभाषा की सेवा करने का हममें से प्रत्येक को जन्मजात अधिकार है, किन्तु हिन्दी को जो राजभाषा या राष्ट्रभाषा वाला रूप है, उसका नेतृत्व करना यदि हम हिन्दी वाले छोड़ दें, तो इससे देश की एकता की अधिक सेवा होने वाली है। कारण यह है कि राष्ट्रभाषा केवल हिन्दीवालों के अधिकार की वस्तु नहीं रहकर सारे देश की जनता के अधिकार में चली गई है और हम हिन्दीवाले जब भी राष्ट्रभाषा के पीछे-पीछे दौड़ते हुए अहिन्दी-भाषियों के बीच पहुँचते हैं तब इससे उन्हें किसी खतरे की गन्ध आती है। तब उन्हें लगता है कि हिन्दी के पीछे-पीछे हिन्दीवालों का नेतृत्व चला आ रहा है। हिन्दी का बहाना बनाकर उत्तर भारत दक्षिण भारत पर छाया जा रहा है। मैं जानता हूँ कि हिन्दी-भाषी प्रान्तों की जनता स्वप्न में भी यह नहीं सोचती कि हिन्दी के राजभाषा हो जाने से जो स्थिति उत्पन्न हुई है, उसका कोई भी अनुचित लाभ हिन्दीवालों को मिले। किन्तु पटना, प्रयाग या नागपुर में जब हम हिन्दी-हिन्दी चिल्लाते हैं, तब उसकी प्रतिध्वनि अहिन्दी प्रान्तों में भी जा पहुँचती है और लोग वहाँ सोचने लगते

हैं कि हो-न-हो, हिन्दीवाले कोई षड्यन्त्र कर रहे हैं, कि हिन्दीवाले हिन्दी के बल पर सारे देश में अपनी शक्ति बढ़ाना चाह रहे हैं। और इस निराधार आशंका से उनके मन में भय उत्पन्न होता है जिसकी अभिव्यक्ति अनेक कटूक्तियों में होने लगी है। 'हिन्दी का साम्राज्यवाद', 'हिन्दी में कुछ नहीं है', 'हमारी भाषा हिन्दी से श्रेष्ठ है' तथा 'अंग्रेजी अभी अनियमित काल तक चलाई जाए'—ये सभी नारे उसी मिथ्या भय की विभिन्न अभिव्यक्तियाँ हैं। मेरा ख़याल है कि यदि अहिन्दी-भाषी जनता को यह विश्वास हो जाए कि राजभाषा हिन्दी के अभिभावक हिन्दी वाले नहीं, प्रत्युत् मुख्यतः वे लोग हैं जिनकी मातृभाषा हिन्दी नहीं है तो अवस्था काफी सुधर जाएगी और देश को उस जिम्मेदारी का अधिक खयाल होगा जिसे उसने स्वेच्छया अपने ऊपर लिया है।

जिस भाव से प्रेरित होकर मैंने यह परामर्श दिया है कि राष्ट्रभाषा के पक्ष में अनुचित उत्साह दिखाने का कार्य हिन्दीवाले छोड़ दें, वह भाव हिन्दी के अनेक नेताओं में भी विद्यमान है। किन्तु कठिनाई यह है कि देश के शिक्षा-मन्त्रालय में इस विषय में जो शैथिल्य रहा है, उसकी आलोचना अहिन्दी-भाषी क्षेत्रों में कम हो पाती है, जिसका कारण मानव-स्वभाव का कठिनाइयों को टालते जाने के भाव के सिवा और कुछ नहीं है। निदान, हिन्दीवालों को अपनी इच्छा के विरुद्ध जब-तब मुँह खोलने को विवश होना पड़ता है। नई भाषा सीखने का काम कठिन होता है। किन्तु कठिनाइयों का समाधान निकालते चलें और लोगों में प्रेरणा भरते रहें तो यह कार्य आसान भी हो सकता है। परन्तु शिक्षा-मन्त्रालय समाधान और सुलझाव खोजने की चेष्टा नहीं करता। राजभाषा को सार्वदेशिक बनाने के मार्ग में अनेक कठिनाइयाँ हैं; इसे इनकार नहीं किया जा सकता; किन्तु मैं अपने वैयक्तिक अनुभव से कह सकता हूँ कि इन कठिनाइयों को सुलझाने के बदले शिक्षा-मन्त्रालय बराबर उन्हें अपनी अकर्मण्यता का बहाना बनाता रहा है। शिक्षा मन्त्रालय का जब तक यह रवैया रहेगा, राजभाषा को व्यापक बनाने की बात तो दूर रहे, उससे भारत की एकता को खतरे ही अधिक पहुँचते रहेंगे।

एक दिशा और है जिसमें हमें देश के भाषा-सम्बन्धी आन्दोलन को नया मोड़ देना है। आज देश की एकता का आधार अंग्रेजी भाषा है, यह सूर्य के समान स्वयं प्रकाशित सत्य है; किन्तु यह सत्य भी उतना ही उजागर है कि जब तक अंग्रेजी भारत की एकता की भाषा बनी हुई है, तब तक भारत तुतलाता ही रहेगा, वह अपनी आत्मा को पूर्ण रूप से अभिव्यक्त नहीं कर सकेगा।

देश के कुछ अत्यन्त वरिष्ठ और श्रद्धेय व्यक्ति आजकल यह तर्क निकाल रहे हैं कि अंग्रेजी का त्याग केवल राष्ट्रीय स्वाभिमान के लिए किया जा रहा है और स्वाभिमान भी मनुष्य का मिथ्या अहंकार ही है; अतएव क्या हानि है यदि अंग्रेजी जहाँ है, वहाँ बनी रहे और असंख्य भारतवासी हिन्दी सीखने की जहमत से बच जाएँ?

यह तर्क ऊपर से तो बड़ा ही निर्मल और निष्कलंक दीखता है; किन्तु उसके भीतर जो राष्ट्रघाती विष है, वह किसी भी धीर मनुष्य को आसानी से दिख जाएगा। सारा देश हिन्दी सीखे या न सीखे, किन्तु उसे अपनी मातृभाषा तो सीखनी ही चाहिए। अंग्रेजी का सर्वथा त्याग तो हम करना नहीं चाहते, किन्तु उसे देश की एकता की अभिव्यक्ति का माध्यम बनाए रखना इस देश की आत्मा को अवरुद्ध रखने के समान है। देश केवल इसलिए स्वाधीन नहीं हुआ है कि वह अपना शासन आप करे तथा अपना वाणिज्य-व्यापार आप चला सके। स्वाधीनता का एक महत्तम ध्येय जाति के संस्कारों की अभिव्यक्ति भी है। और एक जाति के संस्कार अन्य जाति की भाषा में भली भाँति अभिव्यक्त नहीं किये जा सकते। भारत कोई नया देश नहीं है। उसने चार हजार वर्ष से जो आत्म-मंथन किया है, जो मनन और चिन्तन किया है, वह संस्कृत, प्राकृत, पालि और तमिल भाषा में विद्यमान है तथा उसका सहज उत्तराधिकार देश की वर्तमान भाषाओं को प्राप्त हुआ है। केवल विचारों का ही नहीं, चिन्तन की शैली और परिपाटी का भी एक प्रवाह है जो वैदिक संस्कृत और प्राचीन तमिल से लेकर आज की भाषाओं के स्रोत तक अविच्छिन्न आया है। इस संस्कार का नवीकरण केवल देशभाषा के द्वारा हो सकता है, कोई

भी विदेशी भाषा इस कार्य को पूरा नहीं कर सकती। यदि कोई कहे कि इस सम्पूर्ण ज्ञान को अंग्रेजी में उतारकर प्राचीन प्रवाह अविच्छिन्न रखा जा सकता है, तो मैं कहूँगा कि यह मूल को नष्ट करके केवल अनुवादों पर जीने के समान हीन कार्य होगा। और जिस दिन से हम अनुवादों का सूत्र पकड़कर अपने धर्म और संस्कृति के विषय में भी अंग्रेजी में सोचने लगेंगे, उस दिन से भारतीय परम्परा का ह्रास होने लगेगा और हम धीरे-धीरे उस दिशा की ओर चले जाएँगे जिस दिंशा की ओर अंग्रेजी हमें ले जाना चाहेगी। यदि भारतीयता का यह त्याग पसन्द हो तो आप भारत की सभी भाषाओं को मिटाकर अंग्रेजी को देश भर की मातृभाषा बना सकते हैं। किन्तु यह ध्यान रहे कि जिस दिन से आप अंग्रेजी को इस देश की मातृभाषा बनाते हैं, उस दिन से एक नये भारत का जन्म होगा जिसका कालक्रम में उस भारत से कोई सम्बन्ध नहीं रह जाएगा जिसने वेद लिखे थे, जिसने रामायण, महाभारत, उपनिषदों और गीता अथवा धम्मपद, त्रिपिटक और कुरल की रचना की थी।

परन्तु यह कार्य क्या किया भी जा सकता है? डेढ़ सौ वर्ष तक अंग्रेजी को जबर्दस्ती लादे रहने पर भी आज छत्तीस करोड़ भारतवासियों में से केवल इक्कीस लाख व्यक्ति हैं, जो किसी कदर अंग्रेजी जानने का दावा कर सकते हैं। और आज की जो मानसिक स्थिति है, उसमें कितने व्यक्ति हैं जो योग्यता और उत्साह से अंग्रेजी सीख या सिखा रहे हैं? घड़ी की सुई अब पीछे नहीं जा सकती। देश की भयानक समस्या निरक्षरता का निवारण है। लोगों को अंग्रेजीदां बनाने की अपेक्षा यह कहीं आवश्यक है कि वे फौरन से पेशतर साक्षर बना दिये जाएँ। अंग्रेजी के पक्ष में झूठी दलीलें दे-देकर देश को भरमाए रखना जनता की इस अतुलनीय आवश्यकता की उपेक्षा करना है। होना तो यह चाहिए था कि दो-चार साल के लिए बहुत-से माध्यमिक स्कूलों और कॉलेजों को बन्द कर दिया जाता और सारे पैसे प्राथमिक शिक्षा और साक्षरता-आन्दोलन में लगा दिये जाते जिससे सारी जनता साक्षर हो जाती। किन्तु यहाँ तो सौ या हजार को साक्षर बनाने की अपेक्षा एक को एम. ए. बनाना ही अभी पुण्य का कार्य समझा जा रहा है। शायद यह आरोप

ठीक है कि जो स्वराज्य पार्सल से दिल्ली में उतरा, वह अभी जनता के पास नहीं पहुँचा है, नहीं तो देश के बड़े और बूढ़े विद्वान अंग्रेजी के पक्ष में नई-नई दलीलें ढूँढ़ने का बौद्धिक-विलास नहीं कर पाते।

क्या अंग्रेजी के पक्ष को सिद्ध करने के लिए भी तर्कों की आवश्यकता है? अंग्रेजी की उपयोगिता तो स्वयंसिद्ध है। वह अन्तरराष्ट्रीय प्रेरणा और हमारे वातायन की भाषा बनकर यहाँ हमेशा रहने वाली है और अभी तो बहुत दिनों तक उसी की संगति से हमें विज्ञान को भारत की विद्या बनाना है।

हमारा मुख्य काम 'हिन्दी-हिन्दी' चिल्लाना नहीं, बल्कि यह नारा लगाना होना चाहिए कि अंग्रेजी के शिलासन के नीचे से भारत की सभी भाषाओं को मुक्त करो। हिन्दी-भाषियों के आत्मविकास के लिए हिन्दी जितनी आवश्यक है, अन्य भाषा-भाषियों के आत्मोदय के लिए उनकी अपनी मातृभाषाएँ उतनी ही अनिवार्य हैं। अंग्रेजी के अपदस्थ होने के बाद जो स्थान रिक्त होगा, वह सब-का-सब हिन्दी को मिलने वाला नहीं है। उसमें सभी भाषाओं के हिस्से हैं और अंग्रेजी आज जो कार्य कर रही है, अपने-अपने क्षेत्र में प्रत्येक भाषा को वही कार्य करना होगा। अतएव केवल हिन्दी-मन्त्रालय की माँग अपेक्षाकृत छोटी माँग है। सरकार से माँग सर्वभाषा-मन्त्रालय अथवा केवल भाषा-मन्त्रालय की की जानी चाहिए जो एक ओर जहाँ राजभाषा के विकास और प्रचार की व्यवस्था करे, वहाँ दूसरी ओर इस बात पर भी निगरानी रखे कि भारत की प्रत्येक राष्ट्रभाषा का सम्यक् विकास हो रहा है या नहीं, और वे प्रत्येक क्षेत्र में अंग्रेजी का स्थान लेने की ओर बढ़ रही हैं या नहीं। हिन्दी का आन्दोलन भारत की सभी भाषाओं के आन्दोलन का रूप ले, यह उचित बात है। इससे देश की एकता में वृद्धि होगी। मैं हिन्दी का कार्यकर्ता और तुम बंगला के, मैं तमिल का नेता और तुम गुजराती के–यह भाव ही समाप्त हो जाना चाहिए। देश की सभी भाषाएँ राष्ट्रभाषाएँ हैं और भाषाओं के उत्थान के लिए काम करने वाला प्रत्येक कार्यकर्ता एक दल का कार्यकर्ता है जो भारतीय भाषा का दल है, जो भारतीय संस्कृति में उन्नायकों का दल है।

एक बात और है कि भाषाओं के साथ हम धर्म और संस्कृति को न बाँधें तो इससे भी देश का अधिक कल्याण हो सकता है। उदाहरण के लिए, गोहत्या-निरोध आन्दोलन का हिन्दी के साथ कोई नित्य सम्बन्ध नहीं है। पहले भी ऐसे मुसलमान और क्रिस्तान हुए हैं जो हिन्दी जानते अथवा उसमें साहित्य की रचना करते थे और आगे तो राजभाषा के रूप में हिन्दी उन सभी घरों में पहुँचने वाली है जहाँ, सम्भव है, खाने-पीने की परिपाटी हिन्दुओं की परिपाटी से भिन्न हो। किन्तु इस भेद के कारण क्या हिन्दी का प्रसार हम अवरुद्ध कर देंगे? हिन्दी शब्द के साथ एक खास ढंग की संस्कृति की कल्पना लेकर चलने से हिन्दी और देश–दोनों का अहित होने वाला है। भाषाएँ इस देश में कभी भी धर्म और संस्कृति की सीमाएँ मानकर नहीं चलीं। एक भाषा के बोलने वालों में यहाँ अनेक धर्मों के लोग हमेशा से रहे हैं। और स्वयं संस्कृति को धर्म का पर्याय मानना भी ठीक नहीं है। धर्म और संस्कृति–ये एक-दूसरे से जब-तब मिल जरूर जाते हैं; किन्तु भारत में वे एक-दूसरे के पर्याय नहीं हैं। भारत से बाहर निकलने पर कोई भी हिन्दू या कोई भी मुसलमान पहले भारतीय ही समझा जाता है क्योंकि उसके तौर-तरीके भारतीय संस्कृति के तौर-तरीके होते हैं जिनका विदेशों के तौर-तरीकों से कोई भी मेल नहीं होता। भारत की प्रत्येक भाषा में कुछ तो उसकी क्षेत्रीय विशेषता है और कुछ इसी सामासिक संस्कृति की छाप, जो भारत की असली संस्कृति है। इस सामासिक संस्कृति को बढ़ाने की कोशिश से देश बलवान होगा। और कहीं हम सामासिकता के ताने-बाने को अलग करने में फँस गए तो हमारी एकता कमजोर पड़ जाएगी। यह ठीक है कि देश का विभाजन संस्कृति अथवा धर्म का ही बहाना बनाकर हुआ, किन्तु इसका अर्थ यह नहीं है कि जो लोग इस देश में रह गए हैं, उनका धर्म अथवा उनके धर्म का सांस्कृतिक पक्ष अरक्षित रहेगा। धर्मों को अपनी जगह पर छोड़कर हमें देश की सांस्कृतिक एकता को ऊपर लाना है और अपने उर्दू-प्रेमी भाइयों और बहनों के हृदय में यह विश्वास निश्छलता से जमा देना है कि जैसे अन्य तेरह भाषाओं का भविष्य समान रूप से उज्ज्वल है, वैसे ही भारत में उर्दू का भी उज्ज्वल भविष्य है और संविधान अन्य

भाषाओं की रक्षा और विकास के लिए जो आश्वासन देता है, नियमतः वही आश्वासन उर्दू को भी प्राप्त है। हजरत जोश मलीहाबादी भारत छोड़कर पाकिस्तान चले गए, इससे हिन्दी या उर्दू के भारतीय लेखकों और कवियों को कोई भी सबक नहीं लेना है। यह तो बहुत कुछ वैसी ही बात है, जैसे लाभ के लालच में कोई लेखक पोलैंड छोड़कर, फ्रांस या इंग्लैंड छोड़कर रूस चला जाए।

एक बात और है जिसके सम्बन्ध में, डरते-डरते भी, मैं कुछ निवेदन करना चाहता हूँ। इधर हाल से देश में कुछ विचित्र बातें सुनी जा रही हैं। कभी तो हिन्दी-भाषी विद्वान यह दिखलाने की कोशिश करते हैं कि हिन्दी भाषा सभी भाषाओं से श्रेष्ठ है तथा उसमें जितने शब्द हैं उतने अन्य भाषाओं में नहीं मिल सकते और कभी अन्य भाषा-भाषी विद्वान यह कह बैठते हैं कि हिन्दी में कुछ नहीं है तथा साहित्य की विविधता की दृष्टि से कई अन्य भाषाएँ हिन्दी से बहुत आगे हैं। यह अत्यन्त ओछी प्रवृत्ति है एवं किसी भी सुसंस्कृत भारतीय को ऐसी बातें अपने मुख से नहीं निकालनी चाहिए। स्पष्ट ही, जो हिन्दी-भाषी यह कहता है कि शब्दों के मामले में हिन्दी देश की अन्य भाषाओं से अधिक समृद्ध है, वह यह दावा नहीं कर सकता कि उसने देश की सभी भाषाओं को विधिवत् छान लिया है। यह ठीक है कि नूतन शब्द-निर्माण की दिशा में हिन्दी में जितना कार्य हुआ है, उतना भारत की अन्य भाषाओं में अभी नहीं हो पाया है; किन्तु इससे आप यह नहीं कह सकते कि संस्कृत से लाभ उठाने के रास्ते केवल हिन्दी वालों को ही मालूम हैं। और मात्र शब्दों के बड़े-बड़े कोश तैयार कर लेने से ही भाषा बलवती नहीं हो जाती। कोशों के शब्द निस्ताप और निर्जीव होते हैं। गर्मी और जीवन की थरथराहट उनमें तब उत्पन्न होती है, जब वे कल्पना के नीचे आते हैं, जब सम्यक् प्रसंग में सम्यक् विधि से उनका सुप्रयोग किया जाता है। इसी प्रकार, जो विद्वान यह कह बैठते हैं कि हिन्दी में कुछ नहीं है, उनसे भी पूछा जाए तो वे भी, शायद, यह दावा नहीं कर सकेंगे कि हिन्दी भाषा और साहित्य को उन्होंने विधिवत् देख लिया है। भारत में आज जितनी भी भाषाएँ प्रचलित हैं, एक समय वे सब-की-सब गीत-कवित्त और

प्रार्थना तथा स्तुति की भाषाएँ थीं और सबके भीतर अभिनवता अंग्रेजी के सम्पर्क से उत्पन्न हुई है। इसलिए उनके बीच तुलना करने का प्रयास ही अशुद्ध है। किन्तु जहाँ तक हिन्दी का सम्बन्ध है, उसके ऊपर यह लांछन सर्वथा असंगत है कि उसमें विविधता नहीं है। द्वेष से बोलने वालों को तो हम कोई उत्तर देना नहीं चाहते; किन्तु जिन्हें हिन्दी के विषय में सात्त्विक भ्रम हो, उन्हें चाहिए कि कविता, उपन्यास और नाटक को अलग करके वे विद्या के अन्य क्षेत्रों में हिन्दी में जितने ग्रन्थ प्रकाशित हुए या हो रहे हैं, उनकी तुलना अन्य भाषाओं में प्रकाशित ग्रन्थों से करके देख लें। उनका भ्रम आप-से-आप दूर हो जाएगा। चूँकि हिन्दी राजभाषा हो गई है इसलिए आप हिन्दी की निन्दा करें, यह हिन्दीवालों के धैर्य और शील का अनुचित लाभ उठाना है। जैसे हिन्दीवालों को किसी भी देशभाषा के विषय में कटूक्ति कहने से विरत रहना चाहिए, वैसे ही अन्य भाषा-भाषियों को भी उचित है कि वे इस बात को सदैव याद रखें कि हिन्दी के राजभाषा हो जाने से उसका मातृभाषा वाला रूप लुप्त नहीं हो सकता तथा हिन्दी के विषय में अनादरपूर्ण आलोचना सुनने से हिन्दी वालों को भी उतना ही कष्ट होता है जितना अपनी मातृभाषा की निन्दा सुनने से अन्य भाषा-भाषियों को।

साहित्य का प्रश्न

अब एक अन्तिम बात है जिसे मैं बड़ी ही नम्रता के साथ अपने साहित्य-सेवी बन्धुओं की सेवा में रखना चाहता हूँ। आज अवसर तो यह था कि सम्मेलन के अब तक के जीवनकाल में हिन्दी साहित्य की जो बहुविध प्रगति हुई है, उसका कोई क्रमबद्ध विवरण उपस्थित किया जाता। किन्तु प्रायः चालीस वर्ष की साहित्यिक प्रगति की कथा आरम्भ करके मैं आपके धैर्य पर अनुचित भार डालना नहीं चाहता। कुछ यह बात भी है कि हिन्दी में वह कार्य आज अनेक स्थलों से हो रहा है, अनेक दिशाओं से हो रहा है और इतने कोलाहल के साथ हो रहा है कि उसके मारे अब सर्जना के स्वर भी मन्द पड़ने लगे हैं। अरविन्द, रमन, विवेकानन्द और गांधी तथा

रवीन्द्र, नानालाल, भारती और इकबाल तथा प्रसाद ने विलाप किया था कि मनुष्य का हृदय उसके मस्तिष्क के नीचे दब गया है, अतएव इस दबाव से उसे मुक्त करना चाहिए। और हममें से बहुत-से लोग उस बात को आज भी दुहरा रहे हैं। किन्तु फिर भी आलोचना पर आसक्त होकर हम साहित्य के नेत्र में प्रखरता तो भरते जा रहे हैं, किन्तु इस बात पर हमारा ध्यान बहुत कम है कि साहित्य का हृदय-भाग पहले से कहीं अधिक शुष्क होता जा रहा है। ऐसा लगता है, मानो हिन्दी में कलियाँ चटकाने वाले मलय-पवन ने बहना छोड़ दिया है। जो बहता है, वह बुद्धि का झंझावत है जिससे पतली टहनियाँ और रुग्ण डालियाँ तो टूट रही हैं, किन्तु पेड़ में नये पत्ते नहीं निकलते, फूलों में नये रंगों का उभार नहीं आता। आलोचना की जो उपयोगिता है, उससे मैं इनकार नहीं करता। मैं तो सिर्फ यह याद दिलाना चाहता हूँ कि साहित्य की समृद्धि के वास्तविक प्रमाण बड़े-बड़े कवि, कथाकार और नाटककार होते हैं। आलोचना के आचार्य तो उस समृद्धि के ज्ञापक मात्र हैं। कहीं ऐसा न हो कि भाव छोड़कर हम केवल ज्ञान की ही तिजारत को सर्वश्रेष्ठ साहित्य मानकर बैठ जाएँ।

अथवा इस बात को मैं यों रखूँ कि इस समय मेरा ध्यान आलोचना से भिन्न दिशा की ओर है। मैं यह सोच रहा हूँ कि क्या कारण है कि हमारी पीढ़ी के निर्माण के समय जनता ने, विशेषतः बिहार की जनता ने, हमारी पीठ पर प्रोत्साहन का जो हाथ रखा, वह आज के नवोदित, संघर्षशील, उमंगों से आकुल और कुछ कर गुजरने की धुन से मतवाले युवकों की पीठ पर नहीं है? क्या कारण है कि स्वतन्त्रता-संघर्ष के दिनों में जब कवि और जनता मिलते थे, जब दोनों का ध्यान एक ही ध्येय की ओर होता था, किन्तु आज उस एकता का कहीं पता नहीं चलता? उन दिनों कवि यह समझता था कि मैं जनता के हृदय से एकाकार हूँ और जनता भी मानती थी कि कवि ठीक वही बात कह रहा है जो हमारे मन में है। कैसा था वह समय, जब कविता सुनकर पूज्य राजेन्द्र बाबू की आँखों से झर-झर अश्रुपात होने लगता था और बिहार-केसरी मसनद पर सिर धुनकर रोने लगते थे एवं श्रोताओं के बीच से अच्छे-फरछे वयस्क लोग अपने-अपने सिर के बाल खींचकर खड़े हो

जाते थे? आज वह समाँ कहीं भी दिखाई नहीं देता। मैं अपने ही जीवन में डूबकर यदि कल से आज की तुलना करूँ तो मुझे कहना चाहिए कि नेशनल फ्रंट के कवि को समाज के हाथों जो प्रेम और पुचकार मिलता था, वह एम.पी. साहब को नसीब नहीं है–सम्मान और बाहरी आडंबर में चाहे जो भी वृद्धि हुई हो।

भारत के कवि और साहित्यकार आज विचित्र स्थिति में हैं। लोग कभी-कभी मुझसे पूछ बैठते हैं, तेरी आग ठंडी क्यों हो गई? लेकिन इसका जवाब क्या दिया जाए? देश स्वाधीन हो गया। अब तो हाकिम और महकूम, जालिम और मजलूम तथा शोषक और शोषित–जो कुछ हैं, हमीं हैं। अब आग किसके खिलाफ? क्या आग पैदा करके अपने-आपको जलाएँ? और जवानी के गुजर जाने के कारण यदि मेरी आग ठंडी हो गई हो तो नौजवानों को क्या हुआ है? उनके कंठों से ज्वाला के स्फुलिंग क्यों नहीं निकलते? यह सच है कि देश में यदि आत्महत्या की स्थिति आ गई हो तो कवि के लिए यह भी श्रेयस्कर कार्य है कि वह अपनी ही भावना की आग में जलकर भस्म हो जाए। किन्तु अपने चारों ओर मुझे वह स्थिति दिखाई नहीं देती। आत्महत्या मनुष्य नैराश्य के कारण करता है, किन्तु साहित्य को जिसने ग्रसित किया है, वह निराशा नहीं, दुविधा और द्वंद्व है। स्वराज्य के बाद से जनता के भीतर जो असन्तोष रहा है, उसका ताप विद्रोह की वाणी बनने के लिए बार-बार साहित्य के भीतर पहुँचा है और बार-बार साहित्य ने उसे पीकर पचा लेने की कोशिश की है। क्योंकि साहित्यकार को यह ज्ञान नहीं है कि अब जो विद्रोह उठेगा, उसका परिणाम क्या होगा? नये कवियों में न तो प्रतिभा की कमी है, न प्रज्वलन का अभाव। असल में कोई द्वंद्व है जो उन्हें खुलकर फूटने नहीं देता; कोई दुविधा है, जो उनके अन्तर्मन में बैठी हुई है।

और जो कुछ मैं कह रहा हूँ, वह सिर्फ उनकी ओर से नहीं जो साहित्य की रचना जान-बूझकर जीवन-निर्माण के लिए करते हैं; बल्कि यह उनपर भी लागू है, जो साहित्य का कोई निश्चित उद्देश्य नहीं मानते; जिनकी कविता उस सहजता से फूटती है, जैसे पेड़ की डालियों से टहनी और पत्ते

निकलते हैं, जैसे वसन्त को पाकर कलियाँ चटक उठती हैं। साहित्यकारों में दो प्रकार के लोग मिलते हैं : एक तो वे, जो यह मानते हैं कि साहित्य केवल सौन्दर्य है और सौन्दर्य की पहचान यह है कि उसे देखते ही मन आनन्द से भर जाता है। और दूसरे वे, जिनका यह विश्वास है कि साहित्य का लक्षण सौन्दर्य और आनन्द अवश्य है, किन्तु साहित्यकार केवल इतने से ही सन्तुष्ट नहीं हो जाता। सौन्दर्य और आनन्द के भीतर से वह समाज में सुरम्यता भी बिखेरता है, मनुष्य को किसी ध्येय की ओर प्रेरित भी करता है। इन दोनों में से पहली परम्परा के विकृत रूप मुहब्बत के गंदे तराने और मनुष्य की आत्मा को सुलाने तथा उसके शरीर को जगानेवाले सस्ते उपन्यास हैं जिनकी बाजारों में बड़ी माँग है। और दूसरी परम्परा की विकृति उन लेखकों और कवियों में मिलेगी जो अपने उद्देश्य की सिद्धि के लिए चरखे या हथौड़े का नाम लेना जरूरी समझते हैं। किन्तु ये दोनों विकार-ही-विकार हैं अन्यथा ऊँचा साहित्य कला की इन दोनों परम्पराओं में लिखा गया है। इन्हीं दो परम्पराओं में एक के कवि कालिदास और दूसरी के कवि वाल्मीकि हुए हैं; एक के पुष्प विद्यापति, सूरदास और बिहारी तथा दूसरे की ज्योति कबीर और तुलसीदास हैं। कविता वाल्मीकि लिखते हों या कालिदास, कबीर लिखते हों या सूरदास; किन्तु इस अनुभूति से बल दोनों को प्राप्त होता है कि जिस लक्ष्य की हम सेवा कर रहे हैं, वह समाज का प्यारा लक्ष्य है; जिस वासना पर चढ़कर हम बोल रहे हैं, वह सबकी वासना है, और जो भाव हमारे भीतर उठता है, वह सभी के भीतर विद्यमान है। किन्तु जहाँ कवि के विश्वास और, तथा जनता के विश्वास और हों, अथवा जहाँ दोनों का यह हाल हो कि हम किस बिन्दु पर खड़े हों, इस बात का निर्णय वे नहीं कर पा रहे हों, वहाँ साहित्य में जोर नहीं रहता और साहित्यकार उद्दाम प्रेरणाओं के अभाव में भाव को छोड़कर सारा ध्यान शैली पर केन्द्रित करने लगता है, जीवन को प्रेरित और आन्दोलित करने वाली भावनाओं में कमी होने से केवल शैलीकार और पच्चीकार बन जाता है।

यही वह बाधा है जिसका मैं जिक्र करना चाहता था। स्वतन्त्रता-प्राप्ति के पूर्व भारत के सामने जो ध्येय था, वह स्वतन्त्रता-प्राप्ति के साथ समाप्त

हो गया। उसके बाद भारत को जिधर जाना है, वह रास्ता जनता और साहित्यकार को दिखाई नहीं पड़ रहा है और जिन्हें इस रास्ते का ज्ञान है, उनका स्वर अनेक कारणों से अभी मन्द है। परिणाम यह हुआ है कि आदर्श के धरातल पर हम 'न यथौ न तस्थौ' की स्थिति में ग्रस्त हो गए हैं। जिस ओर को हमें चलना चाहिए, उधर हमारे कदम नहीं उठते और जिस राह पर हम चल रहे हैं, वह हमें पसन्द नहीं है। संशय का महाजाल सारे देश में मन पर छाया हुआ है। द्विधा के मारे हमारा व्यक्तित्व विभक्त हो गया है। जनता जिन्हें गाली देती है, उन्हें ही अपना वोट भी देती है और साहित्य के भीतर जो विद्रोह के स्वर पहुँचते हैं, उन्हें साहित्य दबाकर पीता जा रहा है। यह संशय की विषम स्थिति है और कहावत प्रसिद्ध है कि 'संशयात्मा विनश्यति'।

साहित्य का लक्ष्य

किन्तु देश को संशय के इस कुहासे से कौन निकालेगा? कौन है जो इस मिहिका को भेदकर नये आदर्श के दर्शन सारे देश को करा सके? जातियों के आदर्शों की रचना सन्त और कलाकार करते हैं। राजनीति उन आदर्शों को मूर्तिमान करने का यन्त्र मात्र है, वह आदर्शों की रचना नहीं कर सकती। जहाँ भी आदर्श-रचना का कार्य राजनीति के हवाले किया जाता है, वह देश ऊँचा नहीं उठता। उसके लोग मात्र उपयोगी के उपासक बन जाते हैं और उपयोगिता की दृष्टि से वे अपने कदम बराबर बदलते रहते हैं। कर्म का महत्त्व तो है ही, किन्तु उसके साथ-साथ अथवा उससे पूर्व चिन्तन का बड़ा भारी महत्त्व है। जातियाँ जैसे दर्शन में विश्वास करती हैं, उनका साहित्य ही नहीं, बल्कि उनके सारे कर्तव्य वैसे ही हो जाते हैं। और जब दर्शन साफ तथा आदर्श सुस्पष्ट होते हैं तब जातियों की प्रगति बहुत तेज हो जाती है। इसके विपरीत जब जाति के सम्मुख कई प्रकार के दर्शन और लक्ष्य उतराते होते हैं और वह उनमें से किसी एक को कसकर नहीं पकड़ पाती, तब उसके पाँव डगमग होने लगते हैं और उसकी प्रगति बहुत ही

मद्धिम हो जाती है, मानो आग केवल धुआँ दे रही हो! पहली स्थापना का उदाहरण स्वाधीनता के ठीक पूर्व का भारतवर्ष था और दूसरी स्थापना का उदाहरण वह देश है जिसमें हम आज जी रहे हैं। अतएव यह आवश्यक है कि हम उस लक्ष्य को पहचानें जिसकी ओर चलने को नवीन भारत का जन्म हुआ है। हम उस आदर्श को सुस्पष्ट करें जिसे इतिहास ने हमारे लिए पहले से ही निश्चित कर रखा है।

पहले से ही निश्चित आदर्श? हाँ, भारत को जिस आदर्श के लिए संघर्ष करना है, उसकी रचना आज के लेखकों और कवियों, सन्तों और नेताओं की इन्तजारी में रुकी हुई नहीं है। वह आदर्श हमसे बहुत पहले निर्धारित हो चुका है; उसकी मूर्ति गांधी जी से भी पूर्व राममोहन और विवेकानन्द गढ़ चुके थे। गांधी जी ने उस मूर्ति में केवल प्राणप्रतिष्ठा की; अरविन्द ने उसके भीतर अतिमानसी मानस का संचार किया; रवीन्द्र ने उसकी कविता लिखी और राधाकृष्णन् उसका सन्देश सारे विश्व में फैला रहे हैं।

किन्तु जिस आदर्श की सुरभि सारे विश्व में फैल रही है, उसका सबसे कम ज्ञान यदि किसी को है तो उस मृग को जिसके नाभिकुंड में इस सौरभ का उत्स बसता है। जिस सुधा-शिखा की ओर सारा संसार उत्सुकता से देख रहा है, उसका सबसे कम परिचय किसी को है तो उस दीपक को जिसका मस्तक फोड़कर यह शिखा बाहर आई है। यूरोप में भारत का प्रचार करने की अपेक्षा यह कहीं आवश्यक कार्य है कि हम भारतवासियों को भारत का मर्म समझावें। भारतवासी अपने-आपको नहीं पहचानते। कितने आश्चर्य की बात है कि जब पश्चिमी जगत के लोग यह सोचने लगे हों कि मानवता की जिस समस्या का समाधान यूरोप में नहीं मिला, उसका हल, शायद, भारत में मिल सकता है, तब भारतवासी यूरोप का अंधानुकरण करने को आतुर हो उठे! यूरोप बनने की कोशिश बहुत ठीक है, क्योंकि यूरोप सभ्यता के शिखर पर पहुँचा हुआ है। यूरोप में वैज्ञानिकता है, समृद्धि है, जीवन की उद्दामता और स्वास्थ्य का अप्रतिम तेज है। उसकी कविता भी उच्छल और विचार बड़े बलवान हैं। यूरोप का अनुकरण तो हमें करना ही

चाहिए। किन्तु हम उस यूरोप का अनुकरण करेंगे जो सन् 1956 ई. का यूरोप है; उस यूरोप का नहीं, जो उन्नीसवीं सदी का यूरोप था, बल्कि उस यूरोप का भी नहीं, जो रूसी प्रयोग के आरम्भिक दिनों का यूरोप था। यह मैं इसलिए कहता हूँ कि आज के यूरोप को ग्रहण करने से हम उसका विज्ञान ही नहीं, बल्कि विज्ञान के विरुद्ध उठने वाली शंकाएँ भी लेंगे। आज के यूरोप को ग्रहण करने में हम उसकी आधिभौतिक समृद्धियाँ ही नहीं, प्रत्युत यह निराशा भी लेंगे कि भौतिक समृद्धियों से मनुष्य को पूरा सन्तोष नहीं मिलता, एक और तृषा है जो मनुष्य के समृद्ध हो जाने पर भी अतृप्त रह जाती है। भूखे मनुष्य के सामने रोटी के बदले दर्शन और कविता परोसना निर्दयता का कार्य है, किन्तु यह भी सत्य है कि रोटी खा लेने के बाद मनुष्य कला और विचार खोजता है, मिट्टी से छूटकर वायु में विचरण करना चाहता है। रूस में जब साम्यवादी प्रयोग आरम्भ हुए थे, तब समस्त विश्व के चिन्तकों को यह आशा हो चली थी कि मनुष्य की सारी समस्याओं का समाधान, शायद मिल गया। किन्तु प्रयोग ज्यों-ज्यों आगे बढ़े, चिन्तकों की आशा दिनों-दिन क्षीण होती गई और आज तो यह स्थिति आ गई है कि विश्व-चिन्तन साम्यवादी प्रयोगों की असफलता पर अपना मस्तक धुन रहा है। रोटी मिली, यह बहुत अच्छी बात हुई; किन्तु मन बँध गया, यह मानवता के लिए बुरा हुआ। शिक्षा तो रूसी प्रयोग से भी लेनी है, और रूस ने मानवता के रथ को जो अप्रतिम प्रगति दी है, उस प्रगति से भी हमें पूरा लाभ उठाना है। किन्तु इतना ही यथेष्ट नहीं है। अपने प्रयोगों में हमें उस निराशा का भी समाधान खोजना है जो रूस के प्रयोग के विरुद्ध उत्पन्न हुई है। हम समस्त विश्व के साथ वहाँ खड़ा होना चाहते हैं जहाँ वह आज है—वहाँ नहीं, जहाँ वह कल था।

और यूरोप से हम केवल लेना ही नहीं चाहते, बदले में उसे कुछ देना भी चाहते हैं। किन्तु यूरोप को हम क्या दे सकते हैं? मोटर, महल, जहाज और हथियार—ये हमारे पास नहीं हैं और चाहें भी तो ये चीजें यूरोप को देने की स्थिति में हम कभी नहीं आएँगे, न यूरोप को ये वस्तुएँ हमसे लेने की कभी आवश्यकता होगी। किन्तु फिर भी एक चीज है जो हमारे पास है और

उसकी आवश्यकता यूरोप को महसूस भी हो रही है। वह चीज है व्यक्तियों और वस्तुओं को देखने की वह दृष्टि, जिसे आध्यात्मिक कहते हैं। यूरोप और अमेरिका में आध्यात्मिकता नहीं है, यह कहना गलत होगा। थुरो, एमर्सन, रस्किन, ईलियट, रोम्याँ रोलाँ और टॉल्स्टॉय एशिया में नहीं जन्मे थे; किन्तु जहाँ वे जन्मे, वहाँ का जीवन उन्हें अपने भीतर पचा नहीं सका। पश्चिम के पास दर्शन है, पर जीवन-दर्शन नहीं है। वहाँ दर्शन के आचार्य होते हैं, दार्शनिक नहीं होते। यूरोप और अमेरिका में जितनी फिलॉसफी लिखी गई है, उतनी तो समग्र एशिया में भी तैयार नहीं हुई थी। फिर भी यह फिलॉसफी दिमाग में अटकी हुई है। वास्तविक जीवन में पश्चिम वालों को जब दर्शन की आवश्यकता होती है तब उनका कोई भी दर्शन उनके काम नहीं आता और केवल उपयोग को सामने रखकर परिस्थितियाँ उन्हें जिधर को ढकेल देती हैं, उधर को वे चले जाते हैं। इसीलिए लगता है, जैसे थुरो, एमर्सन, ईलियट और टॉल्स्टॉय पश्चिमी जगत में अपवाद–जैसे उत्पन्न हुए। वे अमेरिकी और यूरोपीय होते हुए भी सोलह आने भारतीय लगते हैं। क्यों भारतीय लगते हैं? इस वायवीय समता को पकड़कर उसे साहित्य और कला के द्वारा साकार और सप्राण करना होगा। पूर्व और पश्चिम का भेद, कदाचित निराधार है। एशिया और भारतवर्ष की जो विशेषता रही है, वह यूरोप और अमेरिका में भी झलक मारती है तथा यूरोप और अमेरिका में जो आधिभौतिकवाद है, वह थोड़ा-बहुत एशिया में भी रहा है, यद्यपि यूरोप की देखा-देखी अब वह बहुत बढ़ रहा है। सच्चा भेद पूर्व और पश्चिम का नहीं, सूक्ष्म और स्थूल मनुष्य का है; आधिभौतिक और आध्यात्मिक मानव का है, चिन्तनशील (रिफ्लेक्टिव) और कार्यकारी (एक्जेक्यूटिव) व्यक्तित्व का है। एशिया और यूरोप दोनों दुखी हैं, दोनों विषण्ण हैं। यह ठीक है कि यूरोप का स्थूल मनुष्य समृद्धियों की गोद में बड़े ही उत्साह से जी रहा है, किन्तु वहाँ जो सूक्ष्म मनुष्य है, वह उतने उत्साह में नहीं है। वह स्थूल मनुष्य के भीतर सूक्ष्मता जगाना चाहता है, किन्तु अत्यन्त अल्पमत में होने के कारण उसकी बात लोग ठीक से नहीं सुन पाते। उचित है कि सूक्ष्म मानवता के भारतीय और एशियाई उपासक अपनी आवाजों को तेज करें

जिससे यूरोप और अमेरिका में उनके सहधर्मियों को बल पहुँचे तथा सूक्ष्म और स्थूल मनुष्य के बीच जो द्वंद्व चल रहा है, उसमें सूक्ष्मता का पक्ष दबा नहीं रह जाए।

और एशिया का कष्ट उसके शरीर का कष्ट है, यद्यपि शरीर से रोगी मनुष्य का मानसिक स्वास्थ्य भी नष्ट हो जाता है। यह विनाश एशिया में भी हुआ है। उसका सबसे भयानक प्रमाण यह है कि अपनी दुर्बलता और दारिद्र्य से हम इतना घबरा गए हैं कि हमारे पास जो आध्यात्मिक सत्य है, जो बपौती पूँजी है, उसे भी हम बेकार समझने लगे हैं। एशिया और यूरोप–दोनों अपूर्ण हैं, दोनों बेहाल हैं। इसे किश्ती नहीं मिलती, उसे साहिल नहीं मिलता। मानवता के नये भाग्य का निर्माण अकेले न तो एशियावाले कर सकते हैं और न यूरोप और अमेरिका के लोग। यह कार्य तो तभी सम्पन्न किया जा सकता है जब पश्चिम और पूर्व–दोनों की विशिष्टताएँ एकाकार हों, जब दोनों के गुण एक साँचे में ढल जाएँ।

मैं जो कुछ कह रहा हूँ, वह वाद-विशेष के छोड़ने या ग्रहण करने की दलील नहीं है, न उसमें इस बात का संकेत है कि हम किस देश से दोस्ती करें और किसकी छूत से हमें बचना चाहिए। ये फिर अपेक्षाकृत छोटी बातें हैं। प्रश्न यहाँ वादों का नहीं, प्रत्युत मनुष्य के सामूहिक विकास का है। प्रश्न विज्ञान के त्याग का नहीं, प्रत्युत् यह है कि विज्ञान ने हमारे हाथों में जो सिद्धियाँ रखी हैं, वे यथेष्ट हैं या मनुष्य को अभी और बढ़ना है और यदि और आगे बढ़ना है तो किस दिशा की ओर? किन ध्येयों को प्राप्त करने के लिए? किन शक्तियों का विकास करने के लिए? विज्ञान अधिक-से-अधिक तीन सौ वर्षों की चीज है। किन्तु पिछले तीन हजार वर्षों में मनुष्य ने और भी बहुत-सा ज्ञान अर्जित किया है। चिन्तकों के सामने समस्या यह उठी है कि इन दोनों ज्ञानों का समन्वय कैसे किया जाए? कौन वह मार्ग है जिससे सूक्ष्म और स्थूल मनुष्य के व्यक्तित्व का परस्पर एक-दूसरे में विलयन किया जा सकता है? कौन वह साधन है जिससे बुद्धि और हृदय के बीच सामंजस्य बिठाया जा सकता है? कौन वह मन्त्र है जिससे यन्त्र और अध्यात्म एक-दूसरे के पूरक बनाए जा सकते हैं? विज्ञान

यह अनुसंधान करता है कि मनुष्य का हृदय उसकी छाती में बाईं ओर स्थित है या दाहिनी ओर। अभिनव चिन्तक यह पता लगाना चाहते हैं कि असल में हृदय को होना कहाँ चाहिए। विज्ञान हमारे हाथों में केवल शक्ति देता है। किन्तु इस शक्ति का उपयोग हम किन उद्देश्यों के लिए करें, इसका समाधान वह नहीं दे सकता, क्योंकि यह उसके क्षेत्र के बाहर की बात है। यह समाधान हमें देना है—कवियों, लेखकों, चिन्तकों, कलाकारों और सन्तों को देना है।

यह कार्य बड़ा कठिन दीखता है, किन्तु यही वह कार्य है जिसमें विश्व के अनेक चिन्तक आज लगे हुए हैं। भारत के कवियों और लेखकों का कर्तव्य है कि वे इस कार्य में अपने हाथ बटाएँ। यह किसी एक देश या क्षेत्र की जनता की सेवा नहीं, प्रत्युत् विश्व की समग्र मानवता के उद्धार का कार्य है। यह चिन्तन मनुष्य को वर्तमान स्थिति से ऊपर उठाने के लिए है। यह तपस्या मनुष्य के सामूहिक विकास के निमित्त है। और यह ठीक वही कार्य है जिसके लिए भारत सहस्राब्दियों से तैयार होता आया है। और जब विश्व के चिन्तकों के सामने यह समस्या प्रत्यक्ष हुई, भारत ठीक उसी समय अहिंसा द्वारा स्वाधीन हुआ, इसे भी विधि का ही विधान समझना चाहिए। यही कारण है कि समस्त विश्व के सूक्ष्म चिन्तक हमारी ओर आशा से देख रहे हैं। स्वतन्त्र भारत स्वतन्त्र राष्ट्रों की सभा में चन्दन के रथ पर चढ़कर आया है। जब स्वाधीनता के लिए सारे संसार में रक्तपात की क्रिया अनिवार्य समझी जाती थी, तब भारत अहिंसा से स्वाधीन हुआ। और जिन सामाजिक कार्यों के लिए संसार में बन्दूकों और मशीनगनों के प्रयोग की परम्परा मौजूद है, वे कार्य भी यहाँ समझौते और सद्भाव से होते जा रहे हैं। जब तक ये कार्य नहीं हुए थे, लोग उन्हें असम्भव मानते थे। किन्तु आज वे सम्भव माने जाने लगे हैं। चिन्तक यह मानकर नहीं चलता कि चूँकि अमुक काम पहले कभी नहीं हुआ, इसलिए वह आगे भी नहीं हो सकता है। इतिहास अपने को दुहराता है, यह तो आंशिक सत्य है। वास्तविक सत्य तो यह है कि इतिहास इसलिए इतिहास है कि उसमें मनुष्य की नित्य-नूतन विजयों का आख्यान लिखा जाता है। जो भी व्यक्ति या समाज कोई

ऐतिहासिक कार्य करने को अवतरित होता है, उसके सामने भयानक कठिनाइयाँ आती हैं, उसका मिशन अत्यन्त असम्भव प्रतीत होता है। किन्तु असम्भव कल्पनाओं से जूझने में ही मनीषा के सारे चमत्कार खुलते हैं, असम्भव कल्पनाओं से संघर्ष करने वाला चिन्तक ही मनुष्य का सच्चा नेता होता है।

विज्ञान और बुद्धिवाद की विजय की कहानी पुरानी पड़ चुकी। संसार उन्हें भली भाँति अंगीकार कर चुका है। विज्ञान और बुद्धिवाद–ये विश्व की नवीनतम चिन्ताधारा के विषय नहीं हैं। विश्व की नवीनतम चिन्ताधारा तो वह है जो विज्ञान से निकली हुई निराशा का निराकरण खोज रही है, बुद्धि की सीमाओं से टकराकर कोई नई राह ढूँढ़ रही है जिससे उस सत्य का साक्षात्कार किया जा सके जो विज्ञान की छड़ी से छूआ नहीं जा सकता और बुद्धि जिसकी थाह पाने में असमर्थ है।

अन्तरराष्ट्रीय विश्व का एक युग समाप्ति पर है और उसी के साथ बुद्धिवादी बौद्धिकता भी समाप्त हो रही है। बुद्धिवाद के आविर्भाव के पूर्व मनुष्य की सभी महान उपलब्धियाँ संबुद्धि (इंटुइशन) से आई थीं। किन्तु विज्ञान और बुद्धिवाद जब जोर से चमकने लगे तब संबुद्धि की ज्योति मन्द पड़ गई और मनुष्य ने उसे संदिग्ध ज्ञान का साधन मानकर छोड़ दिया। परन्तु शताब्दियों तक बुद्धिवाद का सेवन कर लेने के बाद वह फिर किसी ऐसी दिशा की ओर देखने लगा है जो लगभग संबुद्धि की दिशा है, जो लगभग रहस्यवाद का देश है। संसार उस बिन्दु पर पहुँच रहा है जहाँ जड़ से चेतन की उत्पत्ति होगी, जहाँ भौतिकता से अध्यात्म की किरणें फूटेंगी और जिस युग के नेता आँकड़े एकत्र करने वाले वैज्ञानिक नहीं, प्रत्युत् गांधी या अरविन्द अथवा गांधी और अरविन्द होंगे।

अध्यात्म और रहस्यवाद फिर से वापस आ रहे हैं, इस संवाद से किसी को भी घबराने की आवश्यकता नहीं है। आध्यात्मिकता असत्य कल्पनाओं में आस्था रखने को नहीं कहती, न रहस्यवाद रंगीन कुहासे का नाम है। महात्मा बुद्ध निरीश्वरवादी थे एवं मरणोत्तर जीवन-विषयक सभी प्रश्नों को उन्होंने अव्याकृत कोटि में डाल रखा था; किन्तु आध्यात्मिक और,

किसी हद तक, रहस्यवादी गौतम बुद्ध भी थे। अध्यात्म असत्य कल्पनाओं को नहीं कहते हैं। यह तो वस्तुओं की गहराई का नाम है। यह तो पदार्थों के उस अदृश्य पक्ष की संज्ञा है जिसे विज्ञान नापने में असमर्थ है। विद्या की कोई भी शाखा, यहाँ तक कि पत्थर और खनिज का अध्ययन करने वाला शास्त्र भी जब विश्लेषण करते-करते वस्तु की गहराई में पहुँच जाता है, तभी वह आध्यात्मिक हो उठता है। विज्ञान जैसे-जैसे आगे बढ़ता है, अभिनव चिन्तन का भी गहराई की दिशा में उत्तरोत्तर विकास होता जा रहा है और ऐसा लगता है कि हम सचमुच ही उस बिन्दु के पास पहुँचते जा रहे हैं जहाँ द्रव्य को समझने के लिए हमें आत्मा की आवश्यकता पड़ेगी, जहाँ यांत्रिक और आध्यात्मिक तत्त्वों के बीच हमें सामंजस्य लाना पड़ेगा। उन्नीसवीं सदी के बुद्धिवादी चिन्तक मानते थे कि घास की एक छोटी पत्ती क्या है, इसका समीचीन उत्तर यांत्रिक ढंग से दिया जा सकता है अर्थात यह बात गणित के नियमों से सिद्ध की जा सकती है कि वह मेकैनिकल फेनोमेनन अर्थात् आदि से अन्त तक यांत्रिक प्रक्रिया का परिणाम है। किन्तु आज के बुद्धिवादी कुछ अधिक सतर्क और विनयशील हो गए हैं। अब वे यह नहीं समझते कि यांत्रिक प्रक्रिया से घास की पत्ती का सारा अस्तित्व विश्लिष्ट किया जा सकता है। कुछ और बातें हैं जिनका पता हमें अभी नहीं चला है।

और, यद्यपि रहस्यवाद का चोगा पहनकर बहुत-से नकली रहस्यवादी कवि और सन्त दुनिया को भरमा रहे हैं, पर इससे रहस्यवाद के वास्तविक अर्थ का मूल्य नहीं घटता, ठीक वैसे ही, जैसे इस बात से विज्ञान का महत्त्व नहीं घटता कि उससे पाई हुई शक्ति को लेकर मनुष्य मनुष्य का संहार कर रहा है। रहस्यवाद तो केवल सत्य के इस पक्ष पर जोर देता है कि बुद्धि सब कुछ को देख नहीं सकती। सत्य के कुछ ऐसे भी पहलू हैं जो संबुद्धि को दिखाई देते हैं और जो केवल संकेतों में कहे जाते हैं क्योंकि उन्हें अभिव्यक्त करने योग्य भाषा अभी तैयार नहीं हुई है। इस दृष्टि से देखने पर आइंस्टीन का सापेक्ष्यवाद गणित के माध्यम से रहस्यवाद तक जाने का मार्ग नहीं तो और क्या है? देश, काल और गति का आदितम रूप क्या है, और उनका अन्तिम रूप क्या होगा? विज्ञान के भीतर से उठने वाले इन

अमोघ आध्यात्मिक प्रश्नों ने भौतिकवाद की नींव हिलानी शुरू कर दी है। देश गति का ही विकार है और काल उसी का अविकृत रूप तथा देश और काल—दोनों एक-दूसरे में रूपान्तरित हो सकते हैं, ये बातें जीवन को रहस्यवाद के पास नहीं तो और कहाँ ले जाती हैं?

विज्ञान और बुद्धिवाद के यान पर चढ़कर विश्व-विजय को निकला हुआ मनुष्य अग-जग को छानकर अन्त में अपने घर वापस आ रहा है। जिनकी आँखों में दूर तक देखने की ज्योति है, वे इस सूक्ष्म दृश्य को सुस्पष्टता से देख रहे हैं और उन्हीं के हृदयों में इस विलक्षण विजेता के स्वागत की तैयारी भी चल रही है। किन्तु यह विजेता और कुछ होने के पहले भारतीय होगा क्योंकि जिन सपनों को वह आकार देने वाला है, वे स्वप्न सबसे अधिक भारतवर्ष के हृदय में पलते आए हैं। इसलिए उचित है कि भारतवर्ष के कवि, चिन्तक और कलाकार उसके स्वागत में अपने सपने बिछा दें, उसके मार्ग को निष्कंटक बनाने के प्रयास में अपनी आयु समाप्त कर दें। वर्षों और मासों की गिनती तो उनके लिए है जो छोटे धरातल पर काम करते हैं। चिन्तकों और कवियों के वर्ष शताब्दियों अथवा अर्द्ध-शताब्दियों में गिने जाते हैं। और इसकी भी क्या चिन्ता कि स्थूल मनुष्य की ओर से पीटे जाने वाले भीषण पटह के विकराल रोर में हमारी पतली आवाज डूब जाती है? हमें इस विश्वास के साथ आगे बढ़ते जाना है कि यही पतली आवाज दुनिया की अमर आशा की आवाज है और यही पतली आवाज एक दिन सारे विश्व की आवाज बनेगी जबकि प्रत्येक स्थूल मनुष्य पटह फेंककर कोई मुरली उठा लेगा।[1]

✪✪✪

1. 24 फरवरी, 1956 को बिहार प्रादेशिक हिन्दी साहित्य सम्मेलन (पटना) के रजत-जयन्ती समारोह में अध्यक्ष-पद से दिया गया भाषण।